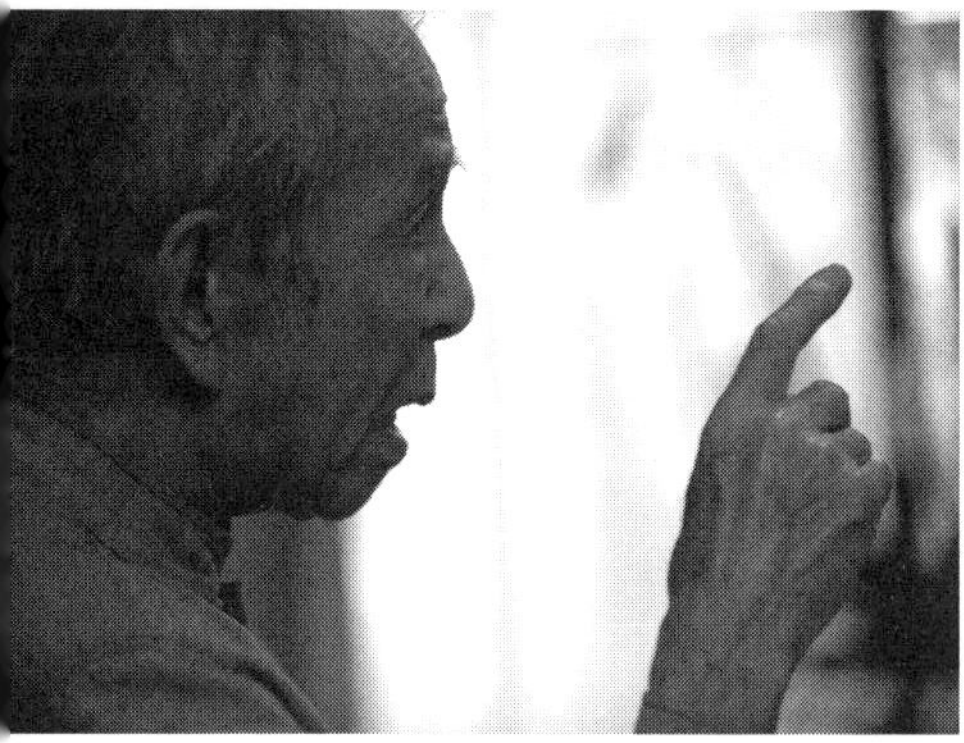

肩書のない人生

渡辺京二　発言集2

弦書房

装丁＝水崎真奈美
〈カバー・扉 写真〉
渡辺京二氏（植山茂撮影）

目次

肩書のない人生

私は自分で自分のことがよく分かっていてねえ。お前は何だと聞かれたら、『本から生まれた本太郎』って言いたいのね。そんな人間のことを何と言うかというと、書生って言うの。僕は一生書生でね、今も書生だと思っています。だから今日話すこともね、こんな話聞いたって、あなた達のご参考になるかなあっていう程度でね。

で、僕は九十になっちゃったの。これが九十になるなんてね、若いころ考えたこともないのよ。声が出なくなった、頭もだんだんぼやけてきた。とにかくねえ、要するに使い古して摩滅した機械みたいなものだ。そんな人間の話ですからね。そのつもりで聞いてください。決して偉い人が話をするんじゃないんだからね。

あなた達受験勉強をしてるでしょう。受験勉強ってね、しょうがないからやるんでね。自分がこうしたいってことがあったら、どんなに嫌でもどんなに辛くてもしなくてはいけないということが世の中にはあるんだねえ。どこどこの大学に入りたいと思えば、受かるだけの勉強しなくちゃならない。だからしょうがないから君たちは受験勉強をやってるんだと思うんだけどね。でもただ一つ言いたいのはね、僕も旧制中学のとき、一つも授業なんて面白くない、いつも教科書を衝立にして岩波文庫を読んでた。授業は聞いてないで一日に二冊とか読んでた。

僕は好みとして文系だったんだけど、物理とか化学とか中学・高校生のときにもっとやっておけば良かったと思うねえ。僕はいろんなことに関心があっていろんな本を読む訳だけど、一つの分野としていわゆる生命科学に関する学問の本を読むと、良く分からない化学的な法則とか用語が出て来る。

だからこれはやっぱり受験生の頃にもっとしっかり勉強しておけば良かったなあと思ってね。僕はわざわざ一昨年だったかな、こんな厚い『大学受験化学』という本を買って来たのよ。そして化学を勉強しようと思ってね。でも飽きっぽいから結局三分の一読んだかなあ、その後止めちゃったけどね。今君たちが一つも面白くないなあ、受験の科目にあるからやってるっていうものでも、しっかりやっとけば将来役に立つ。だから今やってる受験勉強を将来必ず役に立つと思ってやることだね。

それからもう一つ、大学に通ると遊んじゃうのね。それは昔から日本では学生は、いわゆる授業をちゃんと受けるという意味では、勉強なんてしなかったの。明治・大正の小説読んでみると、学校の講義はほとんど出なかったというのがとても多い。ただ昔の学生さんは、本を読んでた訳。日本では大学生は課業としての勉強はしないという伝統があります。ただ一つ本を読みなさい。本読まん学生なんて学生じゃないよ。書生じゃないよ。

しかも本は人間と違って裏切らない。ずっとそばにいてくれる。ただし世の中にはいろんな正しさがあって唯一の正しさってない訳だから。本は騙すかもしれない、騙されてはいけない、そう気をつけたうえで本を読んでください。

近代社会とは専門性を持った職業が確立する世界だとマックス・ウェーバーは言いました。専門性が確立すると肩書がつく訳ね。でも自分というのは肩書のない一個の人間なのよ。自分はここまで出世したということがあっても、世の中には定年があり、定年が来たら一切元に戻っちゃう訳。その仕事をしていた時に尊重されていたことが懐かしくてたまらんで、辞めた後も会社に行くと嫌がられるとかね。職業は自分の一生の一面に過ぎないんですよ。あとの一面はただの人間なんです。生まれた時はオギャーと裸で生まれてきたんです、死ぬ時もたった一人で死ぬんです。たった一人の裸の人間なんです、肩書なんて何もないんです。肩書なんてのは仮の世の中のものです。

そうしてその一生をどう自分のものにするのかが大事なの。

僕らが生まれ落ちた世界を考えてごらん、こんな素晴らしい世界はないのよ。花一つ見てごらん、毎年毎年綺麗に花が咲いてくれるのよ。凄いことだよ。樹木というのを考えてごらん。あるシベリアの木が一切生えていない凍土地帯に住んでいた原住民たちがね、ある時ずっと南の方にやってきて初めて樹木というものを見た。そして樹木を神様だと思ってその下にひれ伏したという話があるのよ。だから樹木というものは奇跡的なものでね、本当に美しいものです。鳥が飛んでいますね、トンボが飛んでいますね、蝶々が飛んで来ますね、山がありますね、雲が飛んでいますね、風が吹いていますね、お月さんが出ますね、星が出ますね。こんなに美しい世界に生まれてきたのよ。僕は九十だけど、人間は大体言うなら八十年間くらいの短い旅人なの。この美しい世界に束の間滞在を許された旅人なのね。

考えてもごらん。自分が住んでる世界がこんなに美しい世界だっていうのは奇跡じゃないの。そこにずーっと滞在はできないんだよ。いつかは別れなくてはならないのよ。そうすると自分の八十年間の一生というのは有難い、ハッピーなもんだということなのよね。それがハッピーじゃなくなることもある。

それは、人間は社会を作らなくちゃいけない。社会の中で生きていかなくちゃいけないんで、いろいろ大変で、自殺する人間が出て来ることもある。でも自殺するってほんとに勿体ないんでね。何とか別の考え方ができなかったのかなあってね。でも日本では年間自殺する人が多くてね。コロナどころじゃないのよ。僕の友達に坂口恭平というのがいてね。若い友達だけど、才能があって偉くてね。「いのっちの電話」というのをやっていて、自殺願望がある人の電話を受け付けて聴いてるの。どうしてそうなるかというと人間関係なんだね。僕も人間関係で苦労しなかったことはないね。

僕はね、京都で生まれて小さい時に熊本に来て、小学校二年の時に北京に行ったの。四年生になったら大連に移ったの。南山麓という街で、大連でも一番のブルジョワばかりいる街だった。ブルジョワの息子は権力意識が強いのよ。一番の金持ちと一番の喧嘩が強いやつがクラスを支配してた。で、作文に思った通り書く僕は生意気なやつだとなった。四年生の三学期に級長にさせられた。先生が体育館に集まれというから、みんなにそう伝えると、その二人がクラス中に根回しをして、誰も体育館に来ていない。先生から怒られる。そういう思いをしたんだよ。そういうのはいわゆる加入儀礼というかね、イニシエーションのようなものだったかもしれない。

で、学校から帰る前に公園に寄ってた。泣きべそかいて家に帰る訳にはいかないからね。公園には木があるのよ。今思うと木が語りかけてくれたんだと思う。「学校のクラスだけが世界じゃないよ。見てごらん、自分達を。もっと違う広い世界があるのよ。お前が生きていく世界がちゃんとあるのよ」と木が教えてくれた。その時どうして耐えられたかというと一つは今言ったようなこと、もう一つは本があったからなの。とにかく僕はずっとロビンソン・クルーソーとか小公子とか本を読んでいたからね。物語の世界というのは冒険の世界でもあってね。女性に対する憧れの世界でもあるしね、本でヒューマニズムを学んだと思うね。

中学二年くらいから文学書を読み始めたの。漱石とかゲーテだとかトルストイだとか、それを読みだすと世界が一変したね。当時は戦時中でビンタ張られるし、大変だったんだけど、そんな世界を超越できるんだ、家庭内には親がいるんだけど、親も超越できるんだ、自分は一個の独立した人格なんだ、そういう社会も家庭も超越できるんだ、という感覚を持ったね。それは非常に大きい、自分が生きていくうえでのね。いろんなことがあってもそれを超越する見方、いろんなことを相対化できる。そうすると学校での悩み、家庭での悩みいろんなことを超越できる。そういう感覚を文学作品から教わっちゃったの。

皆さん方は大学を出て立派な職業人になる訳だ。なってください。だけどね、人間は社会に役立つために生まれてきたんじゃないの。そういう立派な職業人にならなきゃいけないということはある。しかしそれを超越した自分というものを持つ、つまり一個の生物としてこの世界を認識できる。それが大事で、仲間外れにされちゃったとかそんなことは構わないんです。だからと言って、死ぬことはないんです。樹木だって歓迎しております。この実在世界というものはあなた達の命を歓迎してくれてるのよ。死ぬことないのよ。

そして人をもっと大切にしてほしい。自分がこの世界で出会った人間で自分が好きになれる人間を、自分が好きだと思う人間をずーっと大切にすることね。そういう友達は何人かいれば良いのよ。たくさんいなくて良いのよ。二、三人いれば良いのよ。そういう友達がいるっていうこと、そして本はいつも自分の傍にいてくれるの。本だけじゃないよ。音楽だってあるよ。美術、絵や彫刻だってあるよ。だから自分が生きる喜びはたくさんあるからね。要するにさ、辛いことあるのよ、人生。だけど辛いことがあるからって「死にたい」なんてならないようにしましょうね。外に出て樹木を見ましょう。

（二〇二〇年一〇月一〇日（土）、壺渓塾九十周年記念講演、熊本市）

寄る辺なき時代を生きる

寄る辺なき社会ってどうしたのこうしたのっていうタイトルだけどね、僕は寄る辺ないことは一つもないの。九〇になったら、とにかく友達が死んじゃうからね。親も死んだ、嫁さんも死んだ、子どもはまだ死んだ奴はいないけど。兄妹も死んだ。孤独と言えば孤独感もあるけども、自分が寄る辺がないなんて思ったことないですよ。友にも恵まれているしね。家庭でも良くしてもらっているしね。個人としては文句ないんだが、なんだか知らないけれどね、まあ若い方がいらっしゃって、いろいろお話聞くことがあるんだけど。僕の場合女が多いんだけどね、感受性が非常にやっぱり鋭い、いわば感情が豊かというか、そういう女性ほどとてもつらそうなのね。とてもつらそうで、僕としゃべってると相手が泣いたりするのね。何で泣くの？と言うんだけど、しんどいんでしょうね。生きてることがいろいろとね。その辺僕はね、人間って言うのはそもそも一人ですからね。死ぬんですからね。一人で死ぬんですから。それは根本的に問題にないわけ。だけど、そんな風にいろいろ才能があり、しっかりしてるしね、それなのに、何かやっぱり苦しんでいるみたいな、そういう女性たちを見てね、何でかな、大変だなと思うの。

そこでね、僕は思い悩んでいる人にお話をして、少しでもその人が明るくなればいいなあとは思ってるんだけど。そういう才能は僕にはあんまりないの。この点坂口恭平ってのが、えらいのよ。恭平ってのは僕の友達だけどね。僕はこれまで自ら接した人間で、この人はやっぱり天才だと思う人は二人いたね。一人はもちろん石牟礼道子。もう一人は、坂口恭平。やっぱり天才がいるんだなという風に思ったよ。この恭平は「いのっちの電話」ってやってるんだけどね。自殺願望のある人たちの電話を受け付けているわけね。一日に一〇〇件電話があったのがね、最近は二〇〇件になって、どうしても収拾がつかない、とこないだ熊日新聞に書いてましたけどね。だからこの恭平ってのは、えらいのよ。僕は、恭平みたいなことはとてもできないんだけど。まあできたのは自分なりに、女の人でさ自殺したいっていう人がいて、その人の話を聞いてあげたくらい。

＊

自殺っていうのはね、ずっとあって、最近特に増えてるわけでもないらしいけどね。人間って動物は自殺をする動物でね。これはずっとしょうがないんだろうけれど、だけどなんで死ぬんだろうって言いたいの。自分が生まれてきた世界が、どんだけ美しい世界かってことを、考えてみりゃいいのよ。それはあたりまえだと思ってるからさ。ずっと小さい時からあたりまえだと思ってるから。とんでもないのよ。

河上肇って言う人がいてね。この人は名前ぐらいご存知かな。戦前の京都大の教授だったんだけどね。戦前の大学教授ってのはえらかったのよ。勅任官一等って言ってね、まあ役人としてのクラスも高くて、しかもこの河上って人は文才があってね。『貧乏物語』とか、いろいろ新聞に連載をしてね。大学の先生っていうだけじゃなくて、書いた本は全部何万っていうベストセラーになるような、そういう人だったの。つまり有名人ね。ところがこの人は晩年になって、こちこちのマルクス主義者になってね。そしてマルクス主義者になった以上は、革命的実践をせんといかんってわけで、五〇歳過ぎてから京都大の教授を辞めて、昭和のはじめ、共産党はもちろん非合法だったからね。地下に潜っちゃったのよ。そしたら半年足らずで捕まっちゃって、懲役五年。実際には四年くらいでね、社会に出てきたんだけどね。社会に出てきたときのことを、彼は「自叙伝」に書いてるの。とにかく、世の中こんなに多彩で美しかったのか、びっくりしたっていうのよ。

ずっと四年間刑務所にいたでしょ。刑務所はね、例えば新聞なんか、女の写真が載ってると全部黒く塗りつぶしてあるんだって。それでとにかく刑務所を出てまず感動したのがね、自分の家で食事をするでしょ、そのときいろんな食器が並ぶでしょ。食器っていうのはね、こんなに大きなのがあったり小さいのがあったりする、美しい焼き物でね。こんなに食器って美しい物だったかと感動したというの。そして町を歩いていても、子どもはかわいいしね、女は美しいしね。世の中ってのはこんなにも多彩なものであったのか、ってびっくりしたっていうのよ。そして、こんなにも世界は美しかったのかって思ったたって言うのよ。

僕も年取ってから、本当にそう思うようになった。例えば、僕の書斎の窓から見るとね、木があってさ、小鳥が来るのよ。小鳥なんて、初めてしみじみ見たけどね、本当にあんな生きものがよくできたねぇ。それは、ダーウィンの進化論の話しになっちゃうわけだけどさ。それにしてもさ、よくもあん

（植山茂撮影）

な生きものができたね。考えてみるとね、まあとにかく空を見ても、樹木を見ても、花を見てもね、自分がどんな美しい世界に生んでもらってるかってことを、やっぱり悟らないといかんよ。それを悟ったら、まあ「恩愛はなはだたちがたく　生死はなはだつきがたし」っていうけどね、人間は死なんといかんけど恩愛つきがたし、つまりこの世に対する執着がつきがたいってことだけど、その執着はやっぱり自分を取り巻いている美しい世界というものがね、

昔は人生五〇年だったからね。五〇年間の旅人なんだよ、その美しい世界の。今はね、八〇くらい生きていけるかもしれんけど。八〇年間なんて、あっという間よ。僕は今九〇ですけど、あっという間でした。ですから、こういう美しい世界にほんのちょっとだけ、滞在を許されるのよ。後は死ななきゃならないのよ。それ考えたらね、自分の命をわざわざ、二〇歳とか三〇とかで、それぐらいで絶ってしまうっていうのは、贅沢な罰当たりな話なん

ですね。だから、どうしてそうなっちゃうのかっていうことね。僕はやっぱり、そういう人は考えがないかなあという風に、いつも思ってるんです。

＊

本当はこんなに美しい世界に生まれ落としてもらってね、楽しいこと、いいこと、いっぱいいいっぱいあるはずなのに、どうしてそれが苦の世界になるのか。これは人間社会からくるのよ。人間、社会を作らなきゃいけないからね。だから集団の中に入らなきゃいけないからね。そこで問題が生じてくる。それでこの社会というのはね、現代社会はいろいろ問題があるというけどね、これまでずっと人類の社会で問題がなかったっていう時代はないのよ。

じゃあ、全くないかって言ったら語弊があるんでね。狩猟採集時代なら一番問題がなかったの。狩猟採集というのは非常に貧しいような感じだけど、人口密度が低いからグルグル回っていれば、いつも何か実がなっている所があるからね。一日三時間働けばいいの。一日三時間働いたら飯食っていけるからね。グループもせいぜい二〇人足らずのグループだからね。そのグループの中で気まずくなったらね、そのグループを出てね、他のグループに行けばいいの。それで男女の仲もね、二人で手をつないでジャングルの中に入って行ったってなったらね、それで夫婦の成立なの。ところがその後ね、なんだかもう二人で別々になってるなあ、別の男といるんだなあとなっても、そういうことは事件でもスキャンダルでもなんでもない。そんなことで大騒ぎをするやつはいないわけだから。だから、狩猟採集民時代はね、まあまあ良かったんですよ。

それでもね、お猿さんの世界を見てるとね、グループとグループの対立で戦争するのよね。狩猟採集民の中にもそういうことはあったわけなんで。でも社会というものの抑圧は一番少ない。抑圧とか、階層差別とか、権力というのが出てくるのは農耕社会からなんですね。農耕社会は紀元前八千年くらい前から始まっている。そうするとね、ずっと人類は問題を抱えていたの。だから、理想的な世の中なんかなかったわけで、やっぱり娑婆で苦労を抱えてきたわけなんだね。

ところが近代というか現代、この五〇年くらいになる前までは人間はいわゆるね、耐性というかな、物事に耐える力が強かったの。いろんな不幸とか、災害とか、そういうのに対して抵抗する力が強かったの。ところがだんだんそれが弱くなったんだね。それはなぜかって言うと、現代の社会は言ってみれば、福祉社会なのね。これは大変な人類の達成でね。現代のような福祉社会になったのは、せいぜい五〇年くらいだね。これはあの世界的なグローバリズムも関係してくるわけで、世界中、自由な貿易をやって、それで経済成長してね、そして政府というものは、国民に対してずっと福祉を提供してね、世界中の国が全部そういう風な生き方になってきてるんでね。今日の僕らの生活を見ても、こういう風に悲惨な貧乏というのがなくなった社会というのは大した社会ではあるんです。

数年前かな、水俣で自分は生活保護を受けていますっていう人から、小説みたいなのを書いて送ってきなさったんだけど、それ読むと、自分は生活保護を受けていて、昼はコンビニに行きます、コンビニに行っておにぎりを買います、そして、コーヒーを買います。そうすると、二、三人、保護を受けている仲間がやってきます、おしゃべりをします、とかいうことが書いてあるわけね。そうするとよ、そのおにぎりなるものは、その米というのは、一番上等な米使ってるわけでしょう。海苔もそうでしょう。おにぎりなんてのは、僕も子どものときからさ、にぎってもらってたけど、そんなおにぎりとは違うでしょう。要するに僕らは、昔の王侯貴族のような生活をしてるわけですよ。

そういう生活の中でもね、いろいろ足りない所があるから、そういう足りない所や不自由な所があれば、どんどん政府に対して要求していって、政府は全部面倒を見ていくということになるのね。面倒を見ていくとなったらこれは税金でまかなうわけだ。その税金は、経済成長しないと税金が出てこない。だから経済成長、経済成長となるわけね。それで今の世の中は、とにかく経済成長していかなくちゃいけないの。そうするためにはグローバリズムで、どんどん国境の壁を壊していって、全て合理化、効率化されていくというか、つまり、効率専門の経済成長至上の社会になっていくわけね。そういうものに、適応できない人がたくさんでてくるわけね。

＊

まあ不思議なことと言うとね、昔公務員というのは、市役所にしても県庁にしても、暇の代名詞だったの。僕は県庁や市役所に当時ね、昭和二〇年代、三〇年代にですけど、サークル運動というのをやってたからね、仲間たちを訪ねていくでしょう。そしたらね、すぐに出てきてね。庁内の喫茶店で一時間ぐらいだべってるわけよ。あいつら五時になる前の四時四五分くらいから帰り支度を始めるんだよ。で、五時になったらさっと役所を出て、飲み歩くんだよ。そういうのが大体、市役所県庁のやつらだったのよ。

ところがね、パソコンが入ってきたらね、大体パソコンというのは、省力機械でしょ。オートメーションというのは、人手を省くわけでしょ。人間を楽にするための機械であるはずでしょ。だから、ああいうのが入ってきたら、なお暇にならなくちゃおかしいでしょ。ところが、あれが入ってきてから、忙しい忙しい。今、市役所県庁はものすごい忙しいのよ。もう殺人的よ。もうそれは人により、部署によるだろうけどね。もうほんとにね、なんでこんな働くの。昔は市役所なんか行ったら、窓口で相手する職員が昼間から酒飲んでてね、酒の匂いをぷんぷんさせてるやつがいたのよ。今はそんなのなんか、とんでもない話で。とにかく忙しくなってるでしょう。そうすると、やはり堪え難い人が出てくるのは当然だね。

こういう風なグローバリズムで、企業も効率化でなんもかもツルツルツルになってしまっているような社会を、「ツルツル社会」と呼んでみましょう。だけど人間というのは、そういう世界は人間が生物だということを忘れてしまっている。人間というものが、脳だけの人間になっちゃって、頭だけの人間になっちゃって、生物の社会を含めた全世界を支配できるのが人間だって思ってる。そしてどんどん、この地球を開発していく。そういう社会がツルツル社会だとするならば、古いもの、伝統的なもの、そういったものをずっと残していく社会、こういうのを、ザラザラ社会とすると、ツルツル社会だけでは生きていけないから、ザラザラ社会を残すのがいいんじゃないかと、ってなことをね、最近書いた人がいるの。

書いた人は、加藤秀樹さんと言って、大蔵省の役人を辞めて、「構想日本」というシンクタンクを始めた人で、もうずっとやっているけど、最近ね「ツルツル社会とザラザラ社会」という本を書いてね、つまり世の中全体を変革しましょう、変えましょうってなことは、無理ってわけよ。ツルツル社会はね、どうしてもツルツル社会でいかないとね。だってみんなの生活程度がどんどん上がってきて、それを満たしていけるというのはツルツルの社会だから、満たしていけるんだからね。全面的にそれをね変えていこという人もいるのよ。今の消費社会、資本主義社会をもっと違った世界に変えていこう、昔風の社会主義はダメだ、昔風の社会主義がダメだとしたら、違うやり方があるはずで、社会全体を変えようとする人はいるのよ。いるけど、加藤さんはね、それはなかなか望めないことだから、ツルツル社会はあっていい。だけど一方では、ザラザラ社会を残していこう。で、ツルツル社会がいい、そっちでやっていくという人はやっていけばいい。それ嫌よ、そこでは生きていけないという人が一定程度いたらね、ザラザラ社会というのを作っていこうじゃないの。二つ世界がある社会というのをね、作っていいんじゃないのということを、加藤さんは言ってるの。最近出した本でね。これはなかなか面白くて、ある程度共感しますけどね。

＊

しかし、人間の社会が、娑婆が、生きていけない、息苦しいというのは昔からあることなんだけど、いまは新しい要因があると思う。僕がもっとも苦手にするのは、ネットの世界なの。僕はわからないの。僕は持たないから。パソコンも持たない。携帯も持たない。もちろんスマホも持たない。持たないからね、全然わかんないんですよ僕は。ツイッターっていったってね、何がツイッターなんだ。ブログっていったってね、何がブログなのか。その違いもわかんない。だから全然わかんないんだけどね、ただ話を聞いていると、何か自分がそういう世界に出て行って、何か意見を言って、そうするとその意見に反応する人が一杯でてきて、いいね！　とかなんとか、そういうのがあるらしいね。そうするとね、その中で自殺者が出てくるでしょう。それはね、当たり前ですよ。世の中なんて昔からね、金棒引きってのがいるんです よ。金棒引きっていうのはどういう人か、あの人の服はどうよ。あそこの奥さんはこうよ。そういう噂をする人間がたくさんいるんですよ。で、そういう人間がたくさんいるというよりか、自分自身は気が付かない内に人にそういう噂を提供しているわけですよ。

世の中には噂の世界、つまり井戸端会議の世界があるんです。昔からあるんです。それでね、これは権藤成卿という久留米の農本主義者がいて、その人が書いていることなんだけど、これは戦前の話、明治頃の話かな、大正ごろの話かな。要するに、昔は侍だったあるおじいさんが憤慨してね。自分の孫娘たちが、昔の殿様から招待を受けて殿様のお屋敷に伺う。その際に、殿様からいただいた衣装があるんで、その衣装を付けてその孫娘たちが殿様のお屋敷に参上したわけよ。それをじいちゃんがね、「もう考えの足りない奴だ、そういう場合はその衣装を持参して、向こうのお屋敷で身に着けるべきだ、自分の家から衣装を着ていくべきではない、まったく心構えができとらん奴だ」とそのおじいちゃんが憤慨するから、権藤さんが、それはどうしてですかと聞くと、「それは、世の中にはねたみというのがある。家から着物を着て、しゃなりしゃなりと屋敷まで行ったら、いかにも殿様からかわいがられているということを世間に見せつけているようなもので、世間のねたみを買うから、そういうことをしちゃならん」って言われたっていうのよ。そうすると昔の人はね、そういうことをやっぱりちゃんと考えていてね。だから世の中にはねたみ心というのはみんなあるわけなんで、それが噂の世界、井戸端会議の世界、そして、その井戸端会議とかなんとかで、一番人のことをしゃべりたてる女が、いわゆる金棒引きと言われるわけね。

　そうするとそういう噂の世界があることを知ってるから、自分からその噂の世界の真ん中に、身を投じていくことはないわけですよ。誰がそんなところに、わざわざ人の噂になるところにしゃしゃり出て行きますか。なるだけ人の噂にならないように、井戸端会議の話題にならないように、警戒して防衛しますよ。それなのに、今のSNSというのは噂の世界に自分から乗りだしていって身をさらすわけですよ。実に不思議なことをするものだねぇ。とにかくそういうねたみ、噂の世界、本当は庶民はみんな昔から、そういう世界があることは知っている。自分自身、そういう噂の世界に参加して人のことをしゃべったこともある。だけどそういう世界には、なるべく近づかないようにしている。そういう知恵を持っていたのよ。それが今はわざわざ自分から、人の噂が飛び交っている世界に乗り出していって、いいねとかなんとか言ってるわけよ。だから、たたかれるのは当たり前ですよ。そういう知恵もなくなってるわけ、今の人は。つまり庶民が持っていたね、知恵がなくなっている。

なんでなくなっているかって、生活の訓練がないからで、生活の訓練ってのはやっぱり大変なんでね。明治ってのは大変革と言われてるけど、庶民はそれぞれいろいろ工夫してるんです。その時代のいろいろ伝記を見ていると、小さい時は大変ですよ。自分の実の母親が、家から離縁して出て行って、まぶたの母になっちゃうっていうね、そういう人がたくさんいるんですよ。明治社会で成功した人、時代を変えている人がたくさんいる。そういう人の自伝を読んでみると、書いてあるのはおばあちゃんとお母さん。もうおばあちゃんとお母さんの力。そして、いわゆる女大学で、貞淑で、夫に従って、親に従ってと言うけれど、そんな生き方はしてないの、当時の女は。

＊

河上肇のおばあちゃんは、河上肇をとてもかわいがってくれたんだけどね。自分の亭主を早く亡くしてるもんだからね、若きつばめと一緒に暮らしていたの。そしてね、その若きつばめがある年になったら、若い女を見つけてやって、夫婦にしてやってるの。すげえばあちゃんだよこれは。だからね、世間での評判なんて気にしてないわけよ。自分の思うとおりにやっているわけなんだよ、このおばあちゃんは。

それからね、長谷川如是閑という、これは大正から昭和にかけての大ジャーナリストだけどね。この人は深川の木場の材木屋の息子なんだけど、この人のばあちゃんてのもね。一升酒飲むの。毎晩一升酒。そしたら山芋掘るの。山芋掘るってわかる？　山芋を掘るときはね、しつこく集中してずっと掘っていかなきゃいけないでしょう。だから酒飲んで山芋掘るって言うのは、なにか言い出したらね、ずっとそのことにこだわってね、ずっと根掘り葉掘り理屈言ってね、そういう奴を山芋掘るという。如是閑のばあちゃんは、かなり酒を飲んで酔狂まわして、理屈を言うわけよ。だから誰も相手をしない。だから少年の如是閑が相手する。そのばあちゃん飲む時ね、うなぎの中串、かつおの刺身が酒の肴、贅沢してんだよ。それでね、そのばあちゃんがずうっと理屈を言うからね、そのばあちゃんの癖が移って。自分が理屈を言うようになったって、如是閑が言うんだけどね。

如是閑にはひいばあちゃんもいて、これはね、念仏する人、つまり熱心な真宗門徒なんです。小遣いもらったらね、全部お寺に寄付しちゃうんですよ。あるいは乞食にやっちゃうんですよ。だから現金もたせてやれないのね。で、そのひいばあちゃんは、たんす引いてね「あら、いつの間にか着物がなくなってる。髪の黒いねずみがひいたかな」なんて大きな声で言うけど、自分で売ってる訳よ。だからとにかく、そういう昔の日本の女ってのはね、やをいかんの。強いの。しっかりしてるの。自分を持ってるの。世間のことなんか、問題にしていないの。

如是閑は自分の少年時代、自分の家では、自由民権なんて言葉は聞いたこともないと言っている。だから、天下国家関係ないという訳だよ。天下国家関係ないけどね、だけど自分の生き方はきちっと自分で持ってるのね。

それでね、木下尚江。明治時代の社会主義文学の始まりみたいな人がいるんだけどね。その人のお母さんてなかなかの人でね。そのお母さんが死んだときは、尚江は四〇近かったんじゃないかな。もう、自殺したくなったの。というのはね、尚江が言うのは、自分を生んだのはお母さんだ、お母さんが自分を作ったんだ。自分というのはお母さんの中にあるわけなんだ。自分のお母さんが死んだってことは、自分は死んだ、そういうふうに感じるほど、お母さんの影響をうけた。そのお母さんがなかなかの人でね。道を通っていたらさらし首があったのよ。尚江はお母さんにおんぶされていて、「お前は男の子だからあれをしっかり見ておきなさい」と、お母さんから言われたというのよ。だからとにかく、お母さん、お母さん。あと、ばあちゃん。

このばあちゃんというのがね、果物の木なんか植えるでしょ。そうするとね、そんなもの植えたってね、この果物に実がなる頃にはばあちゃん死んでるよとか、言われる訳よ。私は食べんでもいいの、孫が食べてくれると言ってね。そんな人だったけれど、他に嫁に行ってる娘がいてね。その娘の所に遊びに行くっていうから、まあ二、三日遊びに行くんだろうと思ったら、一週間しても帰ってこないの。どうしたんだろうと思って尋ねてみると、讃岐の金比羅さんに参りに行ったというわけよ。これは孫の尚江が大病した時、金毘羅さんにお願いしてよくなったから、そのお礼詣りということなんだけれど、娘の所へ遊びに行く途中に思い立って家に断りもせず讃岐まで行っちゃう。すげえばあちゃんですよ、やっぱりこれはね。だからあのころは、自分を持ってるのよ、みんなね。

そして考えてみるとね、僕の母親の父親はね、請負師だったの。今でいうゼネコンね。大工さんとか左官屋さんとか集めてね、一軒の家を建てる。だから割と良い暮らしをしているはずなの。きょうだいでいったらね、姉ちゃんはイシ、僕の母はカネ、母の妹はテツ、大変な名前を付けているのね。そうしてね、イシっていう一番上の人は、なかなかしっかりものなんだけど、旦那が肥後にわかにうちこんでさ、もう働かないで、専門のにわか師になっちゃって、稼ぎがないのよ。だから駄菓子屋をやっていました。戦後は着物とかなんとかを持って行って、佐敷とか、あの辺に行ってね、イリコと交換してくるとかやってましたね。生活力のある人でしたけどね。だからおイシ姉さんは自分はしっかりしているけど、亭主が全然稼がない亭主。そして、一番しっかりしていて、一番教養があったのが僕のおっかさん。うちはね、古城堀端という新茶屋があったとこね、今で言うと中央郵便局の裏のあたり。典型的な熊本市内の人間なのよ。

　そして妹が一人いてね、この妹がね、二へん嫁に行って、二へんとも一週間で逃げ帰ってきたの。ちゃんと祝言してるんだよ。一週間で逃げて帰ってきた。ばあちゃんが甘やかしたもんだからと母はぼやいていた。電話交換手をしてたの。電話交換手になって、リウマチになってね、全然体がきかなくなってね、そしてね私の家で死にました。ずっとうちで寝ててね、最後は病院で死にましたけど、ついに未婚でした。未婚の女だから俺をかわいがること、かわいがること。セーターは編んでくれる、靴下は編んでくれる。

それと弟がいた。母のすぐ下の弟は、ずっと職が変わるの。転職、転職、結婚しないの。戦後は業界紙の集金人とかやってたね。そして飲み屋で拾ってきたって言って、四〇くらいの女と、五〇代になって初めて所帯を持ちました。そしたらね、三年くらいで死んじゃったの、その嫁さんが。そしたらまたアパートで一人暮らしでね。それで孤独死したの。姉と行ってみたらね、便所はもう汚しっぱなしでね、後片付けが大変でしたけどね。誰にも頼らず孤独死したんだよ、こいつは。

＊

それでね、考えてみると、自分で好きなように勝手に生きているわけだ。

ということは、つまり戦前社会あるいは戦後もある時期までは、そういう自分で生きていけるような穴ボコみたいなのがいっぱいあったんでしょうね。まあそれだけゆとりがあったんだと思うんですけどね。そういうことを考えてみると、日本の近代化というのは、なんだったのかということになる。要するに明治維新の志士たちが明治の官僚になって国造りをやるわけだな。官僚になり、あるいは実業家になり。だけど、あいつらがやったのはね、いかにして国際社会に出て行くかということだからさ。国際社会に出て行くのを当時、万国対峙って言ってたわけだ。万国対峙というのはね、国際社会というのは弱肉強食の世界でね、まだいわゆる帝国主義の段階にはなっていないけれど、アジアはどんどん植民地化されるしね。中国もアヘン戦争でやられるしね。とにかく、中央集権国家を作って、強い軍隊を持たなければ喰われてしまう。強い軍隊を持つためには国を富ませなければならない。富国強兵だね。要するにヨーロッパの近代国家に太刀打ちできるような近代国家を作ろうとしたのよ。日本だけが成功したのよ。そういうヨーロッパ的な近代国民国家というのにね。だから、そういう意味では、明治維新というのはすごい革命なんだよ。

だけどね、結局何になったのかっていうと、漱石が言ってるわけよ。明治の三〇年代かな、マードックという西洋人が日本の通史を書いて、明治維新以来日本がいかに近代化に成功したかを称賛したの。もちろん英語の本だけどね。漱石はその本の感想を書いている。全然そっけないというかね。感激がない。普通だったら、「褒めてもらってうれしいありがたい」というべきなんだけど。「日本がこういう風に変わったのは、そうならないと生きていけないから変わっただけの話である。何もそうなりたくて、やったわけじゃない。そうしないと生きていけないからやっただけの話だ。葉っぱの裏にいる虫が、青くなるのと同じだ。青くならないと、その虫は鳥につつかれて食べられちゃうから。だから葉っぱと同じ青色になっちゃう。それと同じことだ」。そう答えている。だからしょうがなくやっただけのことだよって言うわけよ。それが、漱石の日本の近代化は上滑りの近代化であるという有名な講演に通じるんだけどね。

それから、池辺三山という人がいてね。池辺三山っていうのはおやじの吉十郎は、西郷さんが反乱を起こしたときに、熊本の士族隊を作って、西郷さんの味方をした。それの大将が池辺吉十郎だけどね。それで首を切られたんだけど。それの子どもが池辺三山で、あとで明治の大ジャーナリストになるわけだね。

その池辺三山が言っているけど、日本の政治家というのは、日本の国をいかに作るか、日本の皇室をいかに作るかということを一生懸命努力した政治家はたくさんいる。というよりも、そういう政治家だけである。しかし日本という国を良い国にしようとした政治家は一人もいないと言ってる。つまり明治国家の建設者というのは、西洋諸国、列強に対して、対抗できる国を作ろうとするわけでね。要するに、国を成り立たせていく一人一人の人間の幸せとか、そんなことは全く考えたことがない。ところが、一方では長谷川如是閑が、明治の変革がうまくいったのは、日本の庶民世界というのがそんな急激に変わらずにさ、古い物を残して徐々に変わっていったから、そういう変革に適応できた、乗り越えることができたんだと言っている。つまりね、明治維新というのは、いわゆる志士や官僚たちがやったんじゃなくて、彼らがやったのは上の方の国作りで、日本という民の世界をひらがなのくにだとすると、ひらがなのくにを作ったのはみんな庶民だと言うわけよ。庶民の一人一人が作ってるんだと、それが日本の近代化だと如是閑は言ってるんだ。だから僕はやっぱりそれを考えなくちゃいけないと思う。

＊

なんといっても日本という国は、そういう風に上からね、貧乏侍が尊王攘夷とか言って作った訳よ。伊藤博文なんていうのは足軽のうちにも入らない。伊藤のお父さんは百姓で、足軽の家に奉公して、その足軽の養子になった。足軽の家来。その子どもが伊藤なのよね。伊藤博文というのは、殺人犯なの。塙保己一という、江戸時代の有名な民間学者がいるけど、その人の子どもが幕府の命令を受けて、廃帝の例を調べたというわけよ。幕府にとって孝明天皇というのが攘夷一点張りだから、もてあましたわけでしょう。幕府が天皇を廃した歴史的な例を、塙の息子に調べさせているという噂がたったんだよ。これデマだけど、伊藤博文は彼を暗殺した。殺人犯ですよ。伊藤博文というのは、明治一八年、日本で内閣制度ができた時の最初の総理大臣ですよ。これが殺人犯ですよ。しかも、江戸の御殿山ってとこでね、幕府が新しく大使館を建築し始めたわけ。それを焼き打ちしたのよ。これは博文一人じゃないけどね。高杉晋作なんかもいるけど。だから放火犯よ。殺人犯で、放火犯よ。これが明治政府なのよ。とにかく明治政府のやったことは、西洋並みの、ヨーロッパの中央集権国家を作る、民がどうであろうがそんなことは関係なかったんだ。

そして、あいつらは貧乏人だからね、明治の改革になってとんでもない贅沢したのよ。とにかく足軽としてくうやくわずだったのに、明治の変革になったらいきなり何百円って月給取るのよ。しかも明治四年に廃藩置県があるまでは、藩からちゃんと俸禄をもらってるんですよ。明治政府に出仕したら、明治政府からもお給料いただいてるんですよ。二重にいただいてるんですよ。戊辰戦争が終わったら、功績があったのは賞典禄もらってるのよ。これは年俸よ。藩からの俸禄がきてて、新政府からのお給料が来てて、さらに賞典禄が来てるから三重取りしているわけよ。一月何百円、あるいは何千円って給料とるのよ。一般庶民は五、六円あったら暮らしていたのよ。なのに何百円、何千円ですよ。だからやりたい放題やっているわけだよ、あいつらは。もちろん彼らはお国のためにというのがあるんで、近代国家を作る上ではいろいろ苦心してやったことは事実だけどね。

日本の歴史は、おかみが国を作ってきたというのが明治以来あるからね。江戸時代はそうじゃないのよ。江戸時代は村が強いのよ。そこまで話をもっていったら収拾がつかないから今日はしないけど、江戸時代は村が強いのよ。江戸時代はそんなに抑圧的な社会じゃなかったの。だからね、ずっとおかみに頼っておかみに要求してやってきたから、自分がもてないでいるの、日本人は今でも。

そして悲しいことにね、戦争に負けて日本人はやっぱり反省したわけよ。敗戦後は何もかも日本が悪かったみたいなことになってね。それはいきすぎもあって、だからゆりかえしみたいなのがあって当然なんだけどね。だけど戦後は一般の庶民でさえ「どこが悪かったのかな」「どんな風な国を自分たちで作っていった方が良かったのかな」ってことを、やっぱり考えたわけよ。

だから僕が療養所にいた時ね、僕は一番年下よ。一八歳よ。みんなね、おっさんたち、兵隊たち、小学校出た人たちばかりだった。そういう兵隊だった人たちがよく本を読んでたね。だから戦後はやっぱり、自分たちが新しい国を作っていかなくちゃいけないという気持ちがあったのね。

＊

ところが高度成長を経て八〇年代になるとジャパン・アズ・ナンバーワンとか言って戦後の反省を忘れちゃった。「戦前は軍事大国だからいけなかったんだ。経済大国ならいいいんだ」ってわけよ。いつの間にか大国志向みたいになっちゃったのよ。ナショナリズムみたいなね。国家のおかげであれだけひどいめにあったのにさ。焼け出されるし、親兄弟は戦争で死ぬし、あれだけひどいめにあったのに、なんでナショナリズムがあれだけつよくなっちゃったのかな。

ところが今度は失われた九〇年代というわけだ。日本は地位が低下しちゃった。近頃はそればっかり言ってるの。日本という国が世界で大国にならにゃいかん、一等国にならにゃいかん、そんなことをまだ言ってるわけ。何のために戦争に負けたか、わからないわけ。しかも日本の国が世界経済の中で、ランクが落ちてくると、これは僕らの日常生活のお給料に関わってくるからね。しかもさ、まあよく昔の左翼の人には反国家主義者とかいてね。反国家主義者という看板を掲げてたのがいたけど、そういう反国家主義の学者さんの家に強盗が入ったら一一〇番するよ。だからさ、国家というのは、これは必要なんです。必要悪だけど、必要だから国民としての最低限の義務は果たさにゃいかん。僕も税金払ってる。健康保険だってちゃんと払ってるんだよ。

国家というのは必要悪だけどね。しかも日本の国が世界経済の中で、ランクが落ちてくると、

だからその辺はちゃんとやらなくちゃいけないの。俺は知らねぇとは言えないわけ。それは責任はあるわけ。あるわけだけど、考えてみたら景気が良かったから自分の一生は幸せだったとか、世界が不景気になったから自分は

不幸になったとか、日本は世界で一流国となったから幸せになった、ってなことは一切ないわけ。僕の生涯の幸福というのは、一切そういうのとは関わりがなかったの。

自分の生涯というのは自分が作るんだから、自分で物を考える。やたら自分の偏見にしがみついていたらトランプになっちゃうけれど、自分の考えが偏見にならないためにはどうしたらいいか。勉強すりゃいいの。世の中、学校に行かなくたって本があるから、勉強したいと思ったらどれだけだって勉強できるわけ。だから広く勉強してね、広い考え方、知見をもってね、そしてその上で自分の考えをもつこと。その際、人から頭に吹き込まれて頭を占領されないこと。自分の考えだと思ってることが、人から吹き込まれた考えであることが多いわけ。大体人間というのはさ、自分の考えというのはごく少ない。これまで人類のいろんな人が考えてきたことが、明らかにしてきたことを学んでるわけだからね。自分のオリジナリティーなんていうのはちょっとしかないの。だから広く物事を人から学んで受けいれる。だけどそれは自分で受け入れるんだから、必ず自分で選ばなくっちゃね。自分で納得して考える。納得して考えるというのは、理屈に合えば良いの。理屈に合わないのはおかしいの。理屈に合わないことはどんなことでもおかしいんでね、ちゃんと自分に頭があるんだから、それで考えればいいの。なるべく広く勉強して、自分で考える、自分の考えをもつ、というのが大事。

*

自分たちで何かを作るってことはね、要するに政府に頼らない。もちろん政府というのは、地方自治体も含めた行政機関というのはそれなりの役割があり、行政機関じゃないとできないことがあるから。それに対しては、きちんと自分の義務を果たすにしても、行政機関や政府にはできないことは、自分たちでやらなくちゃ。自分たちで世界を作らなくっちゃ。自分たちで作る世界の形というのはいろいろあると思うけどね。一つは、自分の言葉を使うこと。

近ごろ、自分の言葉を話せなくなってるの。テレビに出てくる街頭インタビューなんかのしゃべりもね、みんなお役所言葉でしゃべってる。抽象と概念でしゃべってる。昔の庶民は抽象語、概念語ではしゃべらなかったの。自分の生活語でちゃんと自分の考えは短く言えてたの。今の人はね、普通の市民だけではない、テレビに出てくるいろんな解説者にしても、政府の役人にしても、総理大臣にしてもしゃべるのが長い。概念語、修飾語、いらない言葉がたくさんある。この言葉とこの言葉を省けば、文章がわかりやすい、すーっとした文になるというのがいっぱいある。そしてこっけいなのは、エビデンス、エビデンス。なんでエビデンスって言わねばならんの。俺は英語を知ってるぞと言いたいわけ？　明らかな証拠って、〝証拠〟だけでいいじゃないの。なんで英語で言わにゃいかんの。もうこっけい極まるんだよ。

しかもね、意味をあいまいにしよう、あいまいにしようとしている。つまり、つっこまれないようにしようとしている。まあ僕は物を書く人間。人を批判するでしょう、たたくでしょう。人をたたけばね、自分もたたかれるんですよ。だから文章を書くということは、自分の頭が人からたたかれてでこぼこになることを覚悟しなくちゃできない商売なんですよ。政治家だってそんな感じだよ。学校の先生が新聞とかテレビに登場して話すときも、遠慮することないんだよ。思ったこと言えばいいんだよ。たたかれたらいいじゃないか。恐れることはないじゃないか。

僕はなんかねジブリに割と気に入られて、ジブリに「熱風」という雑誌があるんだけど、そこのインタビューをうけたんだけどね。何か言うと、「そんなこと東京で言ったら、大変なことになりますよ」って四回くらい言われた。僕はそういう大変になるような人間をインタビューをするなって言いたいね。いいじゃない、大変なことになって。自分の言い方をあいまいにしようっていうんでね、「少し」って言うの、「少し」おかしいだけなら良いじゃない。少しじゃないから問題にしなきゃいかんのだろう。「少し」というのは、大変の代わりになってる。みんな「少し問題」という。それからね、「何々が問題」と言わない。「何々も問題」と言う。というのはね、何々が問題と言ったら、こういう問題もあるぞーとつっこまれると思うんだろうね。だから、こういう問題もあるって言ってるんですってと言い訳したいんだろうね。

もう一つ、とか！とか！とか！　ずっとオブラートに包んであいまいにしたいのね。長々と喋るからね、結局何言いたいのかよくわからない。昔のしゃべりというのはね、ちょっとした寸言で、人を刺すことが上手だった。例えば「いさぎい」ってわかりますか？　これは肥後弁で、いさぎいこつというのは、大変ですね、ご立派ですね、という批判の言葉で。適切に使えていたんですよ、そういう言葉を。そういう適切な言葉を使えなくなってるんですね。生活語がお役所語みたいになっちゃってる、あるいはマスコミ語になっちゃってる。だから自分の言葉を持とうね。

文章というのは個性がないとダメ。新聞の社説をどうして人が読まないかというと、個性を出さないからだよ。ああいうものはね、個性を出して書きにくいからね、まあそうなるんだけど。新聞にいろんな学者さんなんかも書いてるけど、みんな癖がない。ごもっともというような書き方。だから前置きが長い。ごもっともでーすということばかり。そりゃそうでしょ！っていう前置きをずっとする。だからなにが怖いのかな、という書き方。

文章というのは、最初からわっとおどかさなくちゃだめなの。わっとおどかして、ちょっとゆるめて、またわっとおどかして。ごもっともみたいなことを書いたら、退屈極まりない。で、誰も読まないのそんなものは。わっとおどかすような文章を書くとね、反発してたたかれるわけ。昔の文章はね、お互いバカとかちょんとか言い合ってたんだよ。評論家とか、小説家にしても、思想家にしても。そうね昭和二〇年代くらい、三〇年代くらいはね、お互いを罵倒してね、ほんとバカとかちょんとか言い合ってた。今はそういう風な批判をやらない。

だからね、自分の言葉を持とうよ。マスコミ語でしゃべらない、自分の言葉で喋る、たたかれることを恐れない、ということをやっていきたいですね。生活語でね、なるべく。そして自分の考えをしゃべろう。マスコミで聞いたようなことをしゃべるな、しゃべらないということを心掛けると、お互いにいいんじゃないかと思いますよ。

（二〇二〇年一二月二〇日（日）、ＮＨＫ文化センター熊本教室）

あなたにとって文学とは何か

私の事情小説

みなさんこんにちは。歳をとると見苦しくなって、声も出なくなっちゃって。長らく予備校で教えていましたから、二百人くらい入る教室でマイク無しでしゃべってても声が通っていたんですけど、もう声が出なくなった。お聞き苦しいかと思いますが、まぁ勘弁してください。

実は、今日の演題を引き受けたのを大変後悔してたの。うっかり引き受けちゃったけど、考えてみたら僕は現代文学を知らない。読んでないの、今の日本文学。自分が知らないことについて話すわけにはいかんからねぇ。だから、今日は僕が知っている文学について話します。

でも、みなさんは今日《こんにち》の人だから、みなさんが書こうと思っていらっしゃる、あるいは読んでいらっしゃる文学は今日《こんにち》の文学でしょう。それに対して今日《こんにち》の文学をなんにも知らない奴が話すんだから、昔の文学の話になっちゃうわけでね。昔の文学の話を聞いてどうするんだと思って、はなはだ申し訳ない気分です。

私が日本の文学で知ってるのは中上健次までだね。中上健次までなら、どういう作品があって、どういう作風だということを一通りわかってたのよ。だけどその後は名前も全然知らんし、ましてや作風もわかんない。わずかに知っているのは村田喜代子さんと町田康《こう》さんぐらい。この二人は好きなの。熊本には伊藤比呂美さんと坂口恭平さんがいる。この二人は友達だからね。これは読むんだけど、その他は読んでないから知らない。だから昔の話をすることになってしまいます。

それでもね、一九八〇年頃までは、ははぁ文学というのは今日《こんにち》、こんなものになりよるんだなぁということはわかっていたんです。というのは、一九七六年から八〇年まで、西日本新聞で「西日本文学展望」というのを月一回、書いてたの。その後、『地方という鏡』というタイトルで単行本になっているんですが、これを四年間やった。すると、同人誌を送ってくるんだけど、読んでびっくりした。それはね、誰でも小説書くんだなぁということ。昔は作家というのは特別な存在で——自分でもそう思っていただろうし、世間の人もそう思っていただろうけど。つまり作家というのは構えていたわけよ。ところが、だいたい同人誌に書いている人はほとんどが専業主婦と教員なんですよ。そこで書いていることは何かというと、我が家の事情、私《わたくし》の事情です。つまり浮気をしたとかさ、嫁さんと揉《も》めたとか、旦那と揉めたとかね。あるいは、家を建てるのに借金したからこれをどうして返そうかという話。それから子供の進学問題。これが小説の三大テーマ。素人作家というか何というか、世間と一体化しちゃったんです。

日本の近代文学というのは、世間と敵対したわけだ。それが近代的自我の目覚めだった。だがあるご婦人の小説を読んでみると、書き方はなかなか達者なんだけど、その人は詩吟をやっていて、詩吟の会で講師が悪い点数をつけたということが不満の種でね。そこから始まって、詩吟仲間のあれこれが小説になっているわけ。

詩吟なんていうものは、明治の二葉亭四迷《ふたばていしめい》から日本の近大文学が始まって以降、文学者が口にすべきものじゃなかったんですよ。詩吟を唸るような感性というのは、幕末の武士だとか東海散士《とうかいさんし》の『佳人之奇遇《かじんのきぐう》』とか、つまり政治小説だね、その辺りまでは残っていたけど、明治二十年代になって新文学が誕生したとき、そういう、詩吟を朗々と吟じるというような感性とは全く敵対するものだった。例えば、〝酔《よ》ふては枕す美人の膝、醒めては握る天下の権《けん》〟というような詩吟の文句は、文学に目覚めた近代的な知性にとっては軽蔑すべきもので、全く受け付けなかったんですよ。それがあなた、自分で詩吟をおやりになって、仲間の話をお書きになっているわけだから、私はびっくり仰天というか……。

文学が〝下降〟してきた

それから教員小説というものも多い。校長さんになった人が、かつての組合仲間から弾劾されたりしてね。しかも、「自分は校長になりたかった」なんて素直に書いてあるのよ。さらには校長になると退職金が違うとまで書いてある。それが一般世間の話ならいいよ。さっきから言いますように、明治二十年代から始まった日本の近代文学にとって、校長になりたいなんていう人は俗物であって、そんなことを口にするのは恥だったわけだ。つまり小説、文学というのが大衆のレベルまで下降してきたんだなぁということを、時評を担当している間、しみじみと感じていたんです。

これは一面では良いことなんです。つまり大衆と知識人の間の垣根がだんだん低くなって、大衆が「私にも書けるぞ」となったわけだから。しかし近代文学が持っていた、世間を批判する、世間に対して孤立していくというような方向性が全く消えてしまっている。

読んでいませんから今日《こんにち》の文学はわかりませんが、私が時評を担当していたころの、せいぜい一九八〇年頃までの同人誌文学というのは私《わたくし》の事情小説で、「聞いてよ聞いてよ、私の家はこうなのよ」というものでした。ところが家といっても一軒一軒あるからねぇ……。

講演を引き受けてから、九州文化協会が主催している九州芸術祭文学賞の第一回からの受賞作を集めた分厚い本を頂いたの。今の文学がどうなっているのかなと思って一番新しい受賞作を読んだらね、「私は引きこもりです。私も困っています。お父さんも困っています」という小説でした。引きこもりというのは大変なことで、これを昔の近代文学の手法で書けば大変なことだと思うんだけど、極めてあっけらかんと書いている。だから、本来重大なことである引きこもりという事情を書いているのに、かえって文学としての奇妙な味が出ている。確かにそういう作品ではあるけれど、それにしても僕は、どういう気持ちなのかなぁと思ってね。
　確かに書ける人には書けるわけで、小説というのは一つの才能なんですね。素人にだって歌の上手下手の違いがあるでしょう。僕なんて小説は書けないと二十歳前後で自覚してましたけど、自分に小説が書けるか書けないかなんてことじゃなく、書いたらできちゃった、というのが今の小説みたいね。

文学への目覚めは〝革命〟だった

　あまり読んでいないんだから簡単に判断を下すわけにはいかないんだけど、私は現代文学というのは全くピンと来ないんです。ただし村田喜代子さんとか町田康さんのは好きなの。読んで面白い。他は読んでいないんだけど、これはやっぱり本物だと思うの。

文学というのがこれからも続くかわからないんですが、考えてみると、僕が文学に親しんだのは旧制中学の二年から。それまでも、小学校に上がる前から本を読んでいたんだけど、それは娯楽としてです。例えばジャン・バルジャンの話を読んだって、文学として読んでいたんじゃない。面白い物語だなぁと思って読んでいただけでね。ところが世の中には文学というものがあるんだと気づいたのが中学二年のときで、それ以来、数年間は文学浸《びた》りだった。

文学に目覚めたときというのは、まさに革命だったね。それまではさ、僕にも家庭があり親もいるわけで、家での悩みや問題というのがいろいろとあって、小さいながら心を痛めたりすることもあるわけです。それから学校というのは子供にとっての娑婆《しゃば》だから、そこでの、いじめたりいじめられたりする経験もあるわけでしょう。ところが、文学にどっぷり浸かってみると、これまでの世界から自分が突き抜けてしまった。親に対しても、同級生に対しても、距離が取れるようになった。つまり家庭を含めた娑婆から自分が抜け出すことができた。

近代文学というのは日本でも西洋でも世間というものから超越して抜け出す、そして俗世間を相対化して眺めるという視点が基本にあるわけ。僕はそこにつかまった。だからね、僕自身にとっての革命で、すべてに距離が取れるようになった。

伊藤整の文学論

ところが近代文学というのは、日本に来ると「私《わたくし》小説」になっちゃうわけね。日本ではいつごろまでかなぁ……戦前は私小説の世界だったし、戦後もしばらくは続いたわけだけど、そこには早くから批判があったわけね。要するに自分のこと、家庭のことを書いてるわけだから。ヨーロッパ文学はもうちょっと違う。ヨーロッパ文学は社会を描いているじゃない。それなのに日本の文学、私小説は狭い私の世界のことばかり言って、文学の本道から離れているという批判はずっとあったわけです。

それに対して伊藤整《せい》さん——みなさん、伊藤整さんは小説家ではあるけれど、何冊か小説論、文学論を書いていらっしゃって、これは今読んでも非常に面白いんですよ——これを読んでくださるといいのですが、伊藤さんは西洋文学も日本の私小説も同じなんだ、文学というのはすべて〝イッヒ・ロマン〟なんだ、と言った。〝イッヒ〟というのはドイツ語でいう「私」なんだけど、「自分は生きたい!」「苦しいんだけど生きたい!」という生命の叫びなのであって、そういった意味では文学というのは西洋の小説を含めて私小説なんだ、というのです。

日本の場合はどうかというと、小説家というものが世間から断ち切れて、文学者だけの部落、世界をつくった。だから伊藤さんは、日本の文学者を

「逃亡奴隷」という風に言ったわけです。自分たちだけの世間をつくり、そこでは自分のどんな本音を書いても生きていける。ところが西洋だと、文学者は社交界の一員だから、紳士の仮面を被りながら小説を書くことになる。だから「仮面紳士」。文学者というものの社会的なあり方が違う。西洋では自分のこととして書くわけにいかんから、他人に仮託して書いただけの話で、「逃亡奴隷」の日本では正直にものが言えるから自分のこととして書いた結果、私小説になったんだ、本質的には変わらないんだ、というような説を伊藤整さんは唱えた。

文学というのは、先ほども言いましたように一般世間に対する批判というか、世間に対して自分が超越的に抜け出していくという近代的な自我の目覚めとしての一面が非常に強いけれど、そもそも小説というのは「物語」から始まっているんですね。小説のことを〝ノベル〟というでしょう。これは「新しい」「珍しい」「新奇な」という意味で、西洋文学もその始まりは、「そんな話は初めて聞いた」、「これは珍しい」というものだった。だから〝ピカレスク・ロマン〟、悪漢小説というのが近代文学の成立する直前に存在しているんですね。

フローベルは「マダム・ボヴァリーは私だ」と言っているわけでしょう。フィクションめかしていても、小説というのは自分の命の叫びなんだという側面と、これは面白いという「お話」の側面の両方があるのね。日本の近代文学というのは西洋近代文学の、かなり歪んだ形ではあるけど、その模倣だからね。

文学だって「野呂松人形」のようなもの

ところがそういう近代文学はね、もう滅びたんじゃないかと僕は思っているのね。だから、現代文学をお書きになっている方々に、西洋文学の物差しで何のかんの言っても仕方がないんじゃないかなぁという気がしないわけでもありません。

芥川龍之介に「野呂松人形《のろま》」という小説がありまして、芥川がある日、野呂松人形というのを観る会があるから来ないかと誘われて観にいくんです。するといかにも古風な人形が出てきて、大した仕草をするわけでもなく手足をブラブラするだけの人形だったんですね。それに対して芥川は、時代の違いというか、江戸時代の初めに流行ったという人形を観て、これは何というのどかな、退屈なものだろうと思った。その人形だって昔は大変おもしろく、もてはやされたわけですね。それで芥川は、文学というものもやはり誕生して大人になって歳をとって死んでしまうというふうなサイクルを経るものなんじゃないか。つまり時代を離れたら文学というものもわからなくなるんじゃないかと考えた。自分が書いている小説も、あと何百年かして時代が変わったら、この野呂松人形のようなものになってしまうんじゃなかろうかと感じたのね。こんなに面白いものが世の中にはあったのか、面白いだけでなく自分というものを世界の中で成り立たせてくれるものがあるのかと私が感心した近代文学というものも、芥川が言うようにそのサイクルを終えたのかもしれませんねぇ。

これは文学だけではなくすべてそうですが、近代の文学はジョイスで終わっちゃったわけ。そこからいわゆる現代文学、前衛文学になったわけでしょう。ジョイスは新しい文学の境地を開いたつもりだったのでしょうが、これは近代文学自体をぶち壊したわけだね。あとはフォークナーがいるね。フォークナーってのは時代を超越した人でね、いつまで経っても偉い人だからね。だいたい文学というのは大作家というのがいなくなっちゃったわけね。

今ごろ十九世紀の近代文学の傑作というようなものを書いたって——書けもしないわけだけど、なぜ書けないかというと自我が崩壊しているわけでね。なんでかというと、アウシュビッツ、ラーゲリとヒロシマで崩壊したんだからね。自我、自分というのが大変あやふやなものになっているんだから。

美術というものを考えても、ルネッサンス以来の西洋美術をピカソが打ち壊したんじゃないですか。前衛美術というのはアイディアの勝負というような世界なわけで、今、ファン・アイクのようなルネッサンスの絵を描きなさいといったって——今でもファン・アイクといったらすごいものだけど、ああいう写実的なものを書こうという気は起きてこないわけでしょう。今の絵描きさんがそんなことをやっても時代遅れの馬鹿というわけでね。音楽だってそうで、楽しんで聴くのはハイドンからバッハ、モーツァルト、ベートーヴェン、シューベルト……今や古典であって、まったくもって生産性はなくなってしまってね。つまりシェーンベルグなんてのが出てきて全部ぶち壊してしまって、今どきモーツァルトやシューベルトなんかのピアノ・ソナタのようなものを書く気にならないわけでしょう。音楽にしろ絵画にしろ文学にしろ、一時期の時代の産物であって、そういう意味で現代というのは近代とは違った時代であって、何か相応しいものが出てくるのかもしれませんね。

そういうことを僕は考えるんです。

少し話を戻すと、日本の私小説に関しては戦後、特に私小説は駄目だと言われてね。丸谷才一《まるやさいいち》と篠田一士《はじめ》が私小説の征伐をやってさ。その甲斐あって、一九八〇年代以降あたりからは、物語的な趣向というのが出てきていると思う。でもそれを読んでみたら、バスが空を飛んでみたり、裸の女がパラシュートで飛び降りてきたりという、あっと言わせるような趣向でね。そういう趣向ってのは読んでいるとだんだん馬鹿らしくなってくるんだよね。だから、物語の世界の追求なんていったってね、どんなふうに実ってくるのか、ちょっとこれも怪しいというのが現代じゃないかと思うんですね。

さあそうすると現代の文学をやる人はどう考えたらいいのか。だけどそういう偉そうな口を、僕は叩けないはずですね。さっき、現代の日本文学は知らねぇ、現代のヨーロッパ文学も知らねぇ、知らねぇものに対してああだこうだ言えないからおかしなことになるんで、僕にとっての文学というのは何だろうかということを考えるのね。だからみなさんも、そういう文学についてちょっと考えてくだされば、という話になるんでしょうね。

近代史の大半は「こういう国家をつくりました」という話

実はね、今は小説を読む暇なんてないの（笑）。もう九十だからねぇ。九十ってのはお化けなんだよ、お化け。すぐ物事を忘れるし、人の名前も出てこんから。今日も中上健次、村田喜代子、町田康というような名前を書き付けてきてるの。ど忘れすると困るから。

で、最後にね、日本の近代、つまり明治・大正から敗戦までの日本近代史を書こうと思っていて、文献を山ほど集めてるの。まあ全集なんか、日本近代関係だけじゃないけど、六十セットくらいある。とにかく買い込んで買い込んで、いつか読もうと思っていたんだが、〝いつか〟なんて無い！　ということがわかってきた。だけど、金出して買ったんだから読まないと損だ、なんて貧乏人根性が出てきた。諭吉全集、漱石全集、中江兆民全集、田中正造全集までいろいろあるんだから読むだけでも大変だ。今からそれをやろうとしている。

そこでひと言いうなら、だいたい世の中に出ている明治維新史とか日本近代史というのは、「こういう国家をつくりました」という話なのよ。漱石が第一高等学校時代に習ったジェームズ・マードックというお雇い外国人教師が、明治の終わりごろに日本史を三冊書いててさ、その中で日本の近代化を讃えたわけです。封建国家だった日本がよくぞ近代化に成功した、と褒めているの。その感想を漱石が書いているんだけど、漱石は、褒められるような話じゃないんだ、ただそうせねば生きられなかったからそうなっただけの話なんだと言っているわけ。ただ流されて流されてそうなったんであって、葉っぱの裏の虫が青色に変わるのと同じことだと漱石は言っているのよ。つまり明治維新てのは、人間が解放されて、こういう風にありたい、世の中はもっとこうしたら良くなるんじゃないかというので起こった革命じゃないと言ってるわけだ。国際社会の中で生き残るためにはこうしなければならなかったからやっただけの話だと漱石さんは言っているわけで、その通りだと思うのよ。

日本の近代国家のつくり方はね、一時期マルクス主義史学では明治・大正・昭和——僕の言っている昭和は昭和二十年までの昭和だけど——マルクス主義、左翼史観からするとしちゃかちゃだった。絶対君主、軍事封建国家、あげくには侵略戦争になっちゃった、ってなわけでね。

小さきものの近代

戦後、高度成長の成果が出てきた昭和四十年代、西暦でいうと一九六〇年代の半ば以降あたりはちょうど明治百年にあたる時期でもあったから、江戸時代の見直し、日本近代の見直しということで、日本の近代化というのはアジア、アフリカを見回しても、世界的にも稀な成功だった、西欧的な近代化を果たしたのは日本だけじゃないか、すごいじゃないかというのがずっと主流になってきた。今でも歴史界ではその傾向が続いていると思うけど、明治維新のときに日本が外に出ていったのは「万国対峙」の状況だったからであって、ネーションステート、近代的国民国家同士が競争してお互い食い合って、あるいは手を打って妥協してみたり、戦争してみたりという、競合の時代だったからだ。それまでの日本のような状況で、その中に入っていけるわけがないもの。西洋人からすれば、幕府に何かをねじこんでも、「私は知りません、それは長州が、薩摩がやったことで、どうにもできません」と言うわけでしょう。

それから、何かと言うと「朝廷が」と言う。すると、朝廷というのは何だ、誰と交渉すればいいのかということになる。そういう状況で、のこのこと国際社会に出ていったら大変なことになるでしょう。だから、明治の指導者たちが軍事的に強力な中央集権国家をつくろうと考えたのは当たり前だね。そのためには産業が伴わないといかんから、富国強兵という話になるんでしょう。だから、日本の近代史というのはいかにして西欧列強に劣らぬような近代的な中央集権国家を上からつくったか、という話なんです。

維新というものが曲がりなりにも革命であるならば、やはりそのことによって民衆一人ひとりの生活がより良くなる、つまり自分自身がより良く解放されるということが基本であるはずでしょう。自分たちはこういう生活はもう嫌だ、新しくこういう生活をつくりたい、そうしないと自分いうものがどうにも幸せになれない、という風に。ところが明治維新というものは、そういう革命では全くないわけで、それは後からついてきたわけ。

僕はそれでも、表面に出ない、普通の人間、民衆の願望、希望、夢というようなものが底辺にはずっとあったはずだと思うんで、そういう話を書こうと思って、四月から熊本日日新聞で「小さきものの近代」というタイトルで連載を始めるんです。だから、小説なんか読んでおれないわけよ。

ディケンズはなぜ面白いのか

本当は読みたいの。今の文学は読む気がせんが、ヨーロッパの近代文学や明治・大正の文学はもう一度読みたい。もう歳をとっているんだから本当はそうしたものをのんびり読んで楽しんでおればいいんだけどさ。妄執というか執念が残っててね、それを書こうと思っているから、とんでもない。一日中、読んで読んでも間に合わない。読めば読むほど、またあれを読まなくちゃというのが出てくるから、とんでもないことになっているわけ。九十にもなってやたらと働いているわけです。

で、読めないんだけど、読むならこういうのをもう一度読みたいなと思っているのは……僕はディケンズなんて馬鹿にしてたの。若い頃は。二十代までは「リアリズム文学だ」なんて言って馬鹿にしてた。十代のころの僕にとってはドフトエフスキーとかカフカとかヴァージニア・ウルフとかあるいはアンドレ・ジイドとか、そんなのが偉いわけだからなぁ。

ところがこのディケンズを、僕は歳をとってから読んだんだけど、実に面白い。何で面白いかというと、ディケンズというのは〝キャラクター〟を書いてるんだよ。実に生き生きとした、面白おかしい人物が山ほど出てくるの。実に風変わりな、面白いキャラクター。俗物もおれば立派な人もいるんだけど、ピンからキリまでのキャラクターをみんなが負っていて、もうおかしいおかしい。なぜかと言うと、近代社会という複雑な世の中でしょう。それもどんどん変わっていく。変化が甚だしい。そういう厳しい社会の中で一人ひとりの庶民が、「幸せになりたい！」と言ってるのよ。娑婆の中で、自分だけは自分らしく生きたいと言ってるの。それがみんな、キャラクターになっている。だからディケンズは面白いって思ったの。そういうキャラクターを書くってことが文学では非常に大事なんだ。

つまり文学というのは一面では「自分、自分、自分！」なのよ。ところがその「自分、自分、自分！」が通俗になっちゃうと、極めて世間的な家庭の事情小説、私の事情小説になってしまう。だけどね、もう一つの文学の軸は、「他者への眼差し」というものなんです。つまり他人に対して興味を持つ、関心を持つ。これが文学では非常に大きな要素なんですね。そういった他人への眼差し、つまり世の中にはこんな面白い人間がいる、「おもろい、おもろい！」というのがディケンズなんだよ。

「全ての文学はブラウン夫人から始まる」

それをヴァージニア・ウルフが見事に言っているの。ヴァージニア・ウルフというのはディケンズよりずっと後の人。二十世紀入りたての人だからね。書いた小説というのは多少前衛っぽい、ジョイスなんかに近い小説を書いているわけで、ディケンズのリアリズム小説とは全く違うわけだけどね。このヴァージニア・ウルフに「ベネット氏とブラウン夫人」というエッセイがある。これはすごいエッセイなんだね。やはり西洋人というのはすごいと思うね。教養が違うもんね。あいつら、大学に行ったらとにかくギリシャ語、ラテン語を習うんだもの。そういう大学のあり方がその後批判されて現代風の大学に変わってきたわけでね。ヴァージニア・ウルフはオックスブリッジには行っていないが、オックスブリッジに行った男たちと変わらない教養を持っているわけですね。

で、何を書いているかというと、まず「ベネット氏」というのはアーノルド・ベネットという、ヴァージニア・ウルフよりちょっと前のウェルズなんかと同世代の作家。そのベネットは、ある人物を描こうと思ったら、その人物がどういう家に住んでいるか、その家の家賃はいくらか、使用人はいるのかという、外側から描こうとするのね。つまりその人物の社会的な属性、名刺に刷り込んであるようなことから入っていこうとするわけ。それが客観的な描写だと。

ところがウルフさんはそうは思わない。「私はブラウン夫人が文学の始まりだと思います。全ての文学はブラウン夫人から始まると思います」と。

ブラウン夫人というのは何者か。ヴァージニア・ウルフがある時、汽車に乗った。遠出をしたわけではなく、自分の家からせいぜいロンドンあたりに出ていって、その帰りだったのかな……、向かいの席に二人の客が乗っていた。一人は女、一人は男で、女の人は六十歳くらいの小さいお婆ちゃん。着ているものはとても手入れの行き届いた、ほころびなんかをちゃんと繕《つくろ》っとってね。清潔でさっぱりした身なりをしている。しかし、手入れが届いた服を着ているというのは、そのお婆ちゃんが貧しいということを物語っているわけ。そして、小さな深履《ふかぐつ》を履いているんだけど、その靴が床に届いていない。男と話しているという内容というのは、夫人の息子が何かしくじったらしく、そのしくじりについてお婆ちゃんに何か話している。つまり男は息子のしくじりについて調停か何かの役目を負っているんでしょうね。そのうち世間話になったとき、お婆ちゃんが突然、「樫《かし》の木っていうのは二年続けて虫に食われると枯れるそうですね」と言い出す。すると相手は農園のことなんかに詳しいらしく、何か返答をしているんだけど、そのお婆ちゃんが突然、涙を流して泣いちゃったの。最後に男が汽車を降りる際、何月何日、息子とどこそこに出てきなさいとうるさく言うと、お婆ちゃんは「はい、必ず行きます」と返事をし、男は降りた。次の駅あたりでお婆ちゃんも降りていったんだけど、その姿というのが、「頑固そうで、堂々としていて、雄々しい姿だった」と書いているのね。そして、「全ての小説は、向かいの隅に坐っている老婦人から始まる」のだと。

文学とは、「私はこう生きたい」という自己の発現

ブラウン夫人というのは名も知らぬ老夫人に対してヴァージニア・ウルフ

が仮につけた名前なんだけれど、全ての小説はブラウン夫人から始まるというのは、つまり〝性格〟から始まるんだということ。これはベネット流の人物造形──どういう家に住んでいるなどということとは関係がない。関係があるとしてもずっと先の話で、それ以前に一つのキャラクターとして出来ている人物から始まるんだと。どうしてか。それは、「私はこう生きていますす」ってことの表現だからです。

ということはさ、文学というのは、「私はこう生きています」という表現であって、「私の家庭事情はこうなっとります」ということではないんだよね。つまり、「僕は引きこもりです。困っています。お父さんも困っています」ということじゃないんだよ。キャラクターってのは人がどう生きていくかということであってね。普通は引きこもりといったら深刻なことなのに、深刻めかさないで突き放して書くという作品としての面白さがあるから成り立っているわけで、それはそれでいいんだけど、僕はやっぱり、「自分を他者として見てごらん」って思う。そうすると一つのキャラクターが出てくるわけでしょう。どうしてそのキャラクターなのか、突っ込んでいかないと本当の文学にならないわねぇ。本当の、ってのはおかしい言い方かもしれないけど、僕が考えている文学にはならないよねぇ。文学というものが必要とされるとするなら、自分の思いというものが他者への眼差しになる、つまり人がこんな風にして生きている、あんな風に生きているというのがまた自分に返ってくる、そういうものを描く文学であれば、豊かな文学になるでしょうね。

小説というのは、一つには上手下手があるからね。だから難しいんだけど、才能のある人がそういうものを書けば、インパクトのある小説になるだろうねぇ。

私が文学について言えるのはそれぐらいで、とにかく僕はディケンズが面白くて。BBCがテレビドラマにしていて、DVDで全部手に入ります。面白いのは、『リトル・ドリット』、『我らが共通の友』の二つ。それから『荒涼館』と『大いなる遺産』ね。このＢＢＣの映像がよく出来ているんだよ。原作に忠実で、原作の味をよく出している。もちろん原作を読むに如《し》くはないけどね。

ディケンズは、ごくごく普通の人間、俗世間の普通の人間を扱っているんだよ。さっき僕は、「近代文学というのは人を世間から超越させる」、一段高いところに立てたなぁ、そこから上も見ることもできるし先生も同級生も見ることができる場所に立てたなぁ、という風に、自分というものをつくりあげてくれるものだと言ったけど、実はそういう人物はディケンズには出てこない。ほとんどただの庶民。そういう、一人ひとりの変わり者たちが、ひゃー面白いとなるわけだね。キャラクターというのは「俺はこう生きたい」という、自己の一つの発現だね。

最初に言いましたように、文学というのは自分自身を解放してくれて、世間から切り離してくれて、ちょっと言い方は悪いけど高い所から見下ろすようにしてくれるということがあるけど、同時に、他者への眼差しというものを持って、世間の中に入っていって、一人ひとりの人間が生きている姿に興味を持つ、ということなんでしょうね。

まずは読んでもらうこと

最後にやっぱりね、書いたら人に読んでもらわんといけません。多少有名でないといけません。そこに賞の意味があるわけ。だから賞に応募して、入選して名前が知られていくという構図ができているのね。例えばこの九州文化協会がやっていらっしゃる賞がある。僕自身はそんなもの関係ないと思っている人間。賞をもらったからといって自分の作品が良くなるわけじゃないもん。賞をもらったってもらわなくたって、作品は変わらない。僕はわりと賞をもらってるんだけどね（笑）。本当はありがとうございますと言わないといけないわけで、賞を下さった方には悪いんだけど、僕は基本的には賞にこだわる奴なんて馬鹿だと思っている。だけど現実としてさ。

僕の場合は小説じゃないでしょう。例えば『評伝　宮崎滔天』って本を書いたら、渡辺京二という名前は知らなくても、「俺は宮崎滔天には興味がある」と言って買ってくれるでしょう。ところが小説というのは題をつけても、作家の名前を知らなきゃ買わないでしょう。小説はタイトルだけでは買うか買わないかなんて決まらないから。ノンフィクションなら名前を知らなくてもいいんですよ。でも小説というのはタイトルだけじゃ中身はわからんもん。例えば漱石がさ、『行人《こうじん》』なんていうタイトルをつけたからと言って、中身はわからないでしょう。だから、名前を売るためには賞に応募するというのも当然あっていい筋道だと思います。

だけど、翻《ひるがえ》って考えてみるとね、全然名前も売れていない、せいぜい千部ぐらいの自費出版で本を出す、周りの人が読んでくれる、そういう中にも非常に優れた作家はいます。無名でね。とてもいい作家。名前が売れている現存作家にも決して劣らないようないい作品を書いている方が、たくさんじゃないけど、いらっしゃいます。そういう方は無名でも構わない。自分の楽しみで書いているんだから。楽しみっていうか、書かないと生きていけないから書いているわけだねぇ。それを自分の友だちが読んでくれるだけでも嬉しいというあり方。そういうあり方はとてもいいと思うの。でも、書いたものはやはり読んでくれる人がいないとどうにもならないわけでね。だから、今日いらっしゃった方でご自分でも書いていらっしゃる方がいると思うんだけど、やっぱり名前を売らなくちゃいけないからねぇ。文学賞に応募するというのも手だと思うんですね。

長話をしましたが、結論としては、非常に古い文学概念を語ってしまったのかなと思います。でも、それはしょうがないんです。あなた方のためになるかならないか、本当に申し訳ないけど、これはあなた方が悪いの。私なんかの話を聞きにくるんだからさ（笑）。そうやって責任を押し付けちゃってね。いつもそうですが、僕の話はあっちに行ったりこっちに行ったりで、雑談みたいにしかならないんですけど、今日はこんなところで勘弁してください。どうもありがとうございました。

（二〇二一年二月六日（土）、熊本市現代美術館・アートロフト）

道子の原郷

皆さん、こんにちは。もう私は九〇になって、声がでなくなっちゃって、ちょっとお聞き苦しいかと思いますけれど、まあ御勘弁願います。

石牟礼さんとは、長い付き合いで、付き合いというよりも、兎に角、見ちゃおれんわけですよ。ほっとけないの。速達の封も切らない人なの、ほったらかしてたら。ちょうど水俣病の裁判が始まったころでね、その前からお付き合いがあって、私が出している雑誌に『苦海浄土』の最初のやつをずっと連載していただいた、そういうご縁はあったんですけどね。お仕事をお手伝いをするようになったのは、裁判が始まってから。

裁判が始まるとき、ちょうど『苦海浄土』が本になったのね。だから彼女は引っ張りだこでね、もうじゃんじゃんマスコミが来るでしょう。そうすると、もうちょっと見ちゃおれんわけでね、これはもう手伝うというかなんというか、やってあげなくちゃいけなくなって。そして裁判のことがありましたから、たびたび熊本に出てこられるでしょう、その度お世話せんといかんから。それで、亡くなるまでね。二〇一八年の二月一〇日に亡くなりましたんで、ちょうど三年になりますけど。何十年間かなぁ。

だけど僕はね、ああいう天才の仕事を手伝いしたなんてね、これはめったにあることのない幸運だと思っております。とにかくね、才能のある方というのは色々といらっしゃるんですけど、あれほどの天才というのは、私、初めて見たね。それで、そういう天才の仕事を、手伝えたというのは、本当に僕はなんというか、一生のめぐりあわせで、幸せなことだったなぁ、というふうに思っているんです。

橋本憲三さんという方がいらっしゃって、高群逸枝さんにずっと献身なさったという有名な話がありますけど、私は、憲三さんとは違うの。そう言ったら悪いけどね。憲三さんという方は偉い方ですよ。偉い方だけど、それは別に置いといて、僕は違うの。だって石牟礼道子の夫でも何でもないの僕は。

それで、僕は自分の仕事はしたの。石牟礼さんの仕事を手伝ったからといって、その分自分の仕事が出来なかったなんていうことは全くないわけ。自分の仕事は、仮に石牟礼さんの仕事を手伝って、そちらの方にエネルギーを取られなかったとしても、同じような分量の仕事をしたと思うの。それは、一つはね、彼女の文学世界からものすごく僕は教えられたのよ。私が得をしたんじゃないかな。つまり彼女が持っているいろんな感性、要するに、彼女の魂の中にぎっしり詰まっているものをそれまで僕は知らなかったの。

私は町で育った町の子でね、だいたい米のなる木はどれかいな、という方だからね。農村の事なんか全然分からんわけだしね。それで、分かったねぇ、僕は石牟礼さんと付き合って、日本の農漁村というのは何なのか、よくわかった。農漁村というのはね、これ職業じゃないからね。農漁村というのは、人類がずーっと狩猟採集から始まってさ、つまり人間の在り方だからね。農業、漁業というのは色々ある職業の一つじゃないんだから。人間のこの地上での存在の仕方、生き方、それが農業であり、漁業だからね。そういう世界のことを、僕は本当に彼女から教わったと思うの。だからね、まあ、僕が色々石牟礼さんのお手伝いをしたってことで、渡辺ってやつは感心な野郎だってことになってるらしいけど、ちゃんと元は取ってるの。元以上のものを僕は取ってるんです。ですから、とにかく、お世話したのは、本当に幸運なことだったなぁと自分で思って、なかなか無い事でねぇ、どうしてそういう事が起っちゃったかなぁ、と思ってる。で、僕がずーっと書いてきたものはね、全部彼女からインスパイヤーされた事があって初めて書けたことだという風に思ってるわけなんです。

弦書房
出版案内

2024年 春

『小さきものの近代 [2] 』より
絵・中村賢次

弦書房

〒810-0041　福岡市中央区大名2-2-43-301
電話　092(726)9885　FAX　092(726)9886

URL　http://genshobo.com/　E-mail　books@genshobo.com

◆表示価格はすべて税別です
◆送料無料（ただし、1000円未満の場合は送料 250円を申し受けます）
◆図書目録請求呈

新刊

渡辺京二×武田修志 博幸 往復書簡集

名著『逝きし世の面影』を刊行した頃(68歳)から二〇二二年12月に逝去される直前(92歳)までの書簡220通を収録。その素顔と多様な作品世界が伝わる。　2200円

風船ことはじめ

松尾龍之介

一八〇四年、長崎で揚がった日本初の熱気球＝風船が、なぜ秋田の山中に伝わっているのか。伝えたのは、平賀源内か、オランダ通詞・馬場為八郎か。　2200円

新聞からみた1918《大正期再考》

長野浩典　一九一八年は「歴史的な一大転機」の年。第一次世界大戦、米騒動、シベリア出兵、スペインかぜ。同時代の人々は、この時代をどう生きたのか。　2200円

近現代史

◆熊本日日新聞連載「小さきものの近代」

小さきものの近代 1

渡辺京二最期の本格長編　維新革命以後、鮮やかに浮かびあがる名もなき人々の壮大な物語。　3000円

小さきものの近代 2

話題の本

生きた言語とは何か 思考停止への警鐘

大嶋仁　言語には「死んだ言語」と「生きた言語」がある。言語が私たちの現実感覚から大きく離れ、多用されるとき、私たちの思考は麻痺する。　1900円

生き直す 免田栄という軌跡

高峰武　獄中34年、再審無罪釈放後38年、人として生き直した稀有な95年の生涯をたどる。釈放後の免田氏が真に求めたものは何か。冤罪事件はなぜくり返されるのか。

◆第44回熊日出版文化賞ジャーナリズム賞受賞　2000円

◆橋川文三 没後41年

三島由紀夫と橋川文三

宮嶋繁明　二人の思想と文学を読み解き、生き方の同質性をあぶり出す力作評論。　2200円

橋川文三 日本浪曼派の精神

宮嶋繁明　『日本浪曼派批判序説』が刊行されるまで(一九六〇年)の前半生。　2300円

橋川文三 野戦攻城の思想

宮嶋繁明　『日本浪曼派批判序説』刊行(一九六〇年)後

◆渡辺京二の本

…究」で絶筆・未完　3000円

［新装版］**黒船前夜**　**ロシア・アイヌ・日本の三国志**
◆甦る18世紀のロシアと日本　ペリー来航以前、ロシアはどのようにして日本の北辺を騒がせるようになったのか。　2200円

肩書のない人生　**渡辺京二発言集2**
昭和5年生れの独学者の視角は限りなく広い。一九七〇年10月〜12月の日記も初収録。渡辺史学の源を初めて開示。　2000円

◆石牟礼道子の本◆

石牟礼道子全歌集
海と空のあいだに
解説・前山光則　一九四三〜二〇一五年に詠まれた未発表短歌を含む六七〇余首を集成。　2600円

石牟礼道子〈句・画〉集
色のない虹
解説・岩岡中正　未発表を含む52句。句作とほぼ同じときに描いた15点の絵（水彩画と鉛筆画）も収録。　1900円

［新装版］**ヤポネシアの海辺から**
対談　島尾ミホ・石牟礼道子　南島の豊かな世界を海辺育ちのふたりが静かに深く語り合う。　2000円

日本における**メチル水銀中毒事件研究2020**
水俣病研究会　4つのテーマで最前線を報告。これまでとはまったく違った日本の〈水俣病〉の姿が見えてくる。　2000円

死民と日常　**私の水俣病闘争**
渡辺京二　著者初の水俣病闘争論集。市民運動とは一線を画した〈闘争〉の本質を語る注目の一冊。　2300円

8のテーマで読む水俣病　【2刷】
高峰武　水俣病と向き合って生きている人たちの声に学ぶ、これから知りたい人のための入門書。学びの手がかりを「8のテーマ」で語る。　2000円

◎FUKUOKA *U* ブックレット◎

⑨**かくれキリシタンとは何か**　**オラショを巡る旅**　【3刷】
中園成生　四〇〇年間変わらなかった、現在も続く信仰の真の姿。　680円

㉑**日本の映画作家と中国**　**小津・溝口・黒澤から宮崎駿・北野武・岩井俊二・是枝裕和まで**
劉文兵　日本映画は中国でどのように愛されたか。　900円

㉒**中国はどこへ向かうのか**　**国際関係から読み解く**
毛里和子・編者　不可解な中国と、日本はどう対峙していくのか。　800円

㉓**アジア経済はどこに向かうか**　**コロナ危機と米中対立の中で**
末廣昭・伊藤亜聖　コロナ禍によりどのような影響を受けたのか。　800円

それでね、僕毎日行ってたのよ。まあ僕は自分の生活もせんといけませんので、僕は五〇になってからね、福岡の河合塾というところで働きだしたのよ。五〇歳から二五年間、七五まで働いたのよ。毎週高速バスに乗って福岡までいったの。だから七五までね、ぴんしゃんしてたの。河合塾に行ってる間は石牟礼さんとこに行けないんだけど、それ以外は毎日行ってたのよ。それで、晩年になったらね、彼女パーキンソンになっちゃったもんだからね、晩飯も全部僕が作って、翌日の朝の味噌汁まで作って帰りよったの。彼女が老人ホームに入るまでやってたし、ホームに入ってからもずっと行ってた。そしたら亡くなっちゃったのね。

　これね、僕は亡くなるなんて思ってなかったの。彼女は九一歳直前だったのね。あの人は三月一一日の生まれですからね。その三月一一日がくれば、九一になるというその直前の二月一〇日に亡くなってしまったんですけども、僕は亡くなるなんて思ってなかったね。だってしゃんとしてたもん。ずっと車いす生活だけどね、ベッドに寝たっきりっていうことはなかったの。発作が起こってくるとね、ベッドに横になってたけど、それも一時間かそこらすると良くなるから、そしたらまた起き上がって、車いすね。それでしっかりしてたのよ、最後まで。もう、根性が悪いところは相変わらず悪いしね。それで、気持の強い人だったからね、全然呆けてもいなかったの。だからね、あんなに早く亡くなると思ってなかったの。僕はまだまだね、五年も六年も生きていらっしゃるもんだとばかり思ってました。それが、あっという間に亡くなったでしょう。僕は涙も出なかったのよ。

それまで要するに、毎日行ってたでしょう。毎日行かなくてよくなったでしょう。毎日行くっていうだけじゃないのよ。例えば病院に付き添って僕が行くでしょう。で、一緒にお医者さんの前に行くわけね、そしたら主治医の先生がね、託麻台リハビリテーション病院の院長さんで、いい院長さんでしたけどね、その方が、一体どなたが最後の責任をとるんですか、とおっしゃるんですよ。息子さんは名古屋にいるからね、どなたが最後まで責任取られるんですかと言うからね、しょうがないから、私がみます、って言ってたんですよ。

そのね、私がみます、私が責任を取ります、という人がいなくなっちゃったでしょう。つまりね、彼女からしたらね、私は使い勝手が良かったわけよ。とにかく、もう、何というかな、頼りにするっていうか。人から頼りにされるっていうことはね、これは、大変な生きがいなんですよ。そういう風に、自分を頼りにしてくれるという人が亡くなったでしょう。だからね、ちょうど三年になりますけど、三年間ぽわーっとしておりました。今もまだぽわーんとしております。それでね、亡くなって三年の間ね、石牟礼さんの事をお話しする機会は何回かありまして、もうほとんど喋ってしまっておりましてね、今日何を話したらいいのかなあ、と思うんですけれど、まあ、思いついた順序に。私の話は、まとまった整然とした話ができませんので、あっちいったり、こっちいったりする話でございますから、その点は、お断りしておきます。

まず、申し上げたいのが、池澤夏樹という方がいらっしゃいますね、この方がごく最近ですが、二冊本をお出しになりました。一冊は彼がずっと書き溜めた、石牟礼道子論（『されく魂　わが石牟礼道子抄』）です。これを一冊お出しになって、もう一冊『みっちんの声』という本をお出しになりました。この『みっちんの声』というのは、池澤さんがずーっと石牟礼さんのところに通ってきて、それをね、録音に採ってらっしゃったんですね。それを全部起こしてらっしゃるの。それでね、池澤さんがおっしゃるには、とにかく、石牟礼さんを訪ねるのは、楽しくて楽しくてね。それで訪ねた、っておっしゃっててね、石牟礼さんとのやり取りが全部本になってるの。これ皆さんも是非読んでいただきたい。つまりね、石牟礼道子という作家をね、今日のように大きな存在にしたのは、池澤さんの力なんです。私も多少はね、そういう面で、働いたかと思いますけれど、しかし、私と池澤さんじゃね、影響力が全然違うからね。あたしが言ったって大した影響力は無いんだけど、池澤さん、影響力持ってるからね、だから、世界的な作家、日本の文学史の中でもそう何人とはいない大作家である、大文学者である、ということをね、地位を確立なさったのは、池澤さんなんですね。だから私はとても有難く思っているんで、その池澤さんが、とにかく石牟礼さんが好きで好きで好きでね、石牟礼さんのところに通ってくると、自分の気持ちが癒されるというかね、そういうことがあったんでしょうけれど、そういう本をお出しになりましたから、是非ご覧いただきたいと思っております。

＊

ところで、石牟礼さんという作家がね、どこがユニークかというとね、これ日本の近代文学史からうっぱずれとるんですよ、彼女は。つまり、位置づけできないんですよ、日本の近代文学史の中で。突然出てきたんです。唯一、近い作家がいるとすれば、宮沢賢治なんですよ。宮沢賢治もね、なぜあんなのが出てきたのか、日本の近代文学史上特異な現象なんですよ。彼女もそれと同じくらい文壇というものからうっぱずれてね、日本の近代文学史というものからもうっぱずれて出てきた作家でね、そういう非常にユニークな作家であるんだけれど、そういう作家がどうして出来上がったのか、ということを、ちょっとお話してみましょうかね。

まず、彼女の家族というのが、やっぱりなかなか面白い家族というか、石牟礼道子という個性を生むうえでの家系であったんですね。おじいちゃんというのは、天草下島の下浦という、これは、石工の部落です。石工が沢山いる部落ですけど、そこの出身の方で、松太郎って言うんですけどね、吉田松太郎って言うんだけど、これ石工の親分だったわけね。主に道路工事とか、港湾工事とか、そういうのを請け負って、水俣市でも大きな工事をいくつもなさっていたの。だから彼女はそのおじいちゃんの、孫で生まれたわけね。

水俣の幸町という、水俣にチッソがやってくるでしょう、町になってゆくでしょう、その過程でね、出来た通りでね、例えば遊郭がある、女郎屋さんがある、髪結いさんがある、鍛冶屋さんがある、といった通りなんですね。そこで幼女時代を過ごしたのね。生まれたのは天草だけど、それはおじいちゃんが天草に工事に行って、その工事の期間中に生まれて、そしてすぐ、水俣に帰ってきたわけだからね。

それで、うちにはね、十何人ぐらいね、石工の弟子、あんちゃんたちがごろごろしてるわけ。そういう大所帯で育った。そのおじいちゃんという人はね、石に関してはとても大した目利きでね、だけどね、「人は一代、名は末代」ていうのが口癖でさ、末代まで残る仕事をするってわけだからさ、だいだいもう、どんどんどんどん仕事に金食わせてさ、事業する度に赤字になるみたいなね、事業する度に山を売っちゃうみたいな風でね、そういう人だったの。

そして、芸術家的なセンスがあって、しょっちゅう何か図面を引いてるのね。そしてまた仏像の絵を描いたりしてるのね。つまり芸術的なセンスがあった人ね。これがやっぱり道子さんに遺伝してるのね。結局松太郎の事業は破産して、家財は差押えられてしまうんだけれど、道子さんがそういう近代資本制に適合しない古い気質の事業主の孫だったというのは大事な事実だと思います。

ところがこの松太郎の嫁さんがモカ。このモカっていう人はね、嫁に来てね、しばらくしてから気が違っちゃったわけ。そして目も見えなくなってね、道子さんが育つころは、目が見えない狂女であったわけ。そしてね、気違いさんだからね、杖一本曳いてね、水俣の町中をうろうろうろしなさるの。それについて歩いたのが、道子さん。まだ学校にもあがっていない、四つ五つ、もうおばあちゃんの守をしてついて歩く、まあ、どっちが守をしているのか分かんないけどね、そのおばあちゃんはね、「女と男はべーつべつ」、これが口癖なの。つまり、松太郎が色々浮気をするからさ、それで、モカさんは、悩んだんだろうけどね。それで、男と女の間には、「気持ちが伝わらなーい」っていうのが、石牟礼道子の一つのね、テーマになってくるの。

本当は伝わらなくちゃいけない、本当は伝わらなくちゃいけないのに、「男と女はべーつべつ」でね、接続詞のような関係である。世の中の夫婦というのは、接続詞のような男女関係である、ていう風にね、彼女はずっと大人になって書いてるわけ。だから接続詞のような夫婦関係じゃない、やっぱり魂が融合するような男女関係というのがあるんじゃないかというのが、ずーっとそれを求めたのが、彼女の一つのテーマね。それが、高群逸枝と重なってくるわけね。

だけど、その松太郎という人は、とにかく着るものは贅沢してね、食べるものも長崎から取り寄せるという、贅沢な人だけど、とても芸術家的なセンスのあった人なのね。さあ、そこでお父さんの亀太郎はね、松太郎、モカの娘であるハルノさんと結婚した。この白石亀太郎というのは、つまり吉田松太郎のもとで帳付けをやってたわけ。それで、娘のハルノさんと結婚したわけね。ところがね、ハルノさんには国人というお兄さんがいて、これが学者だったのよ。本を読む人だったの。近所の人たちがやってきてね、「国人しゃん、何か本を読んでつかわせ」て言うとね、国人さんが「子、のたまわく」とか言ってね、論語かなんか読んで聞かせるの。そうすると、近所の人が、「そら難しかけん、他の話の本ば読んではいよ」とか言ってね、そういう人だったらしい。だけど、その人は若死にしちゃったわけ、それで、「もし国人さんがずーっと生きとったら、私の家は学者の家になっていたかもしれない」という風に後で道子さんは書いているのね。だけど、この人は若死にしちゃったの。それで、松太郎、モカの後はね、白石亀太郎、吉田ハルノ、この夫婦ね。この夫婦の長女に生まれたのが、石牟礼道子なのね。

この亀太郎という人はね、天草の山の中から出てきたの。それも大変な山の中で、晩年道子さんが故郷を訪ねてみたらと言ったら、亀太郎が「簡単に行かるる道と思うか」と怒ったという話があるくらいです。後で分かったんだけどね、天草の山の中でね、一度結婚していたの。子供もできていたの。それが何かの理由で、夫婦別れして、一人水俣に出てきて、そしてハルノさんの夫になったわけだね。だけど、そのことはずーっと後になって分かったの。その先を言っちゃうとね、もう道子さんが、娘になって、戦争中よ、突如天草から亀太郎の前の嫁さんに産ませた男の子が、訪ねてきたの。つまり道子さんの異母兄だね。お母さんが違う兄さん。それでね、もうすでに、二十歳ぐらいの若者だったらしいけど、この若者がね、白石家に出てきてさ、そこでしばらく一年ぐらいかなぁ、一緒に暮らしたんだけど、ハルノさんがね、神様の子って言ってたぐらいで、とにかくいい青年だったらしいの。だけど、この兄さんは徴兵されて沖縄で戦死したのね。

まあ、そういう亀太郎だけど、やかましもんでね。天草の山ん中でね、青年団長をしていた頃、「亀のやかましもん」て言うんで有名だったらしいんだけど、結婚してもね、ずーっとやかましもんでね、とにかくね、芝居がかった人だったのよ。なんて言うか、倫理感が非常に強い人でね、
それでね、まあ色んなエピソードがあるんだけど、まあ一つは猫の話があってさ、亀太郎さんはね、松太郎さんが亡くなった後、おモカさんが残ってて、おモカさんの、めくらの気違いのばあさんの世話をするでしょう。昔は一人ひとり食事の時は箱膳でしょう、その時にね、亀太郎が、おモカさんの、めくらだからね、前に箱膳を持って行ってね、「今日はね、鰯でございます」とか何とか言うわけよ。そしたら、石牟礼家にはずーっと猫がいて、それも何匹も猫がいてね、彼女が、我が家で育って死んだ猫は三〇〇匹位いるんじゃないかしら、と言った位だからね、猫だらけの家だったのよ。その中の一匹がね、おモカ様の箱膳に載っている魚を狙って近づいていったの。そしたら、亀太郎がその猫を見て「何かその盗人《ぬすど》腰は、食わせてばしおらん

ごつ、めくらと侮って、魚を盗人腰で盗みに行くとは何事か」で首をつかんでね、鼻を畳に擦り付けてさ、そして「出ていけ、子どもは養のうてやる、子どもは置いてけ、お前は出ていけ」って猫に説教しなさるのよ。そういう人だったの。

それからね、また犬を飼っていてね、その犬は、はげっちょろのみっともない犬だったらしいけど、だけど、一家でかわいがっていた。ところが弟さんが、コロっていうかわいい子犬を貰ってきたの。そしたら、みんなの可愛がり方が、そのコロに移っちゃってね、コロコロコロっていうわけで、みんなで可愛がってたらね、前からいた犬が姿を見せなくなったの。そして探しにいったらね、裏山のところでひとりしょぼーんとしてるの。で、それを聞いた松太郎さんがね、卵入りのお粥を作らせてね、その犬の所まで持っていって、「すまんことじゃった。お前をないがしろにして、コロコロコロと他の犬を可愛がって、お前に悪いこっちゃ、どうぞ機嫌ば直してくれ」てね、犬に謝った人なのよ。そういう芝居がかった人なの。

だけど、この人はね、天皇陛下が水俣に来た時に、お宅のモカばあさんが、ひょこひょこ出て行ってさあ、失礼なことがあったらいかんからね、預かるとか何とか、警察から言ってきたの。その時亀太郎がね、「いいや、絶対私が責任もって、そういう失礼なことはさせません、もし失礼なことをしましたら、あたしゃ切腹いたしやす」てね、警官に言ったという、こういうお父さんなんですよ。

これがしかし焼酎喰らいでね、酔狂回すわけ。だからね、酔狂してね、まだ小学校上がったばっかりぐらいの道子さんに焼酎つきつけてね、「お前も飲め」と言うわけよ。つまり、大変いいお父さんだったけど、そういう酔狂回すからね、お母さんは子連れで、近所に避難する、という風なこともあったらしいんで、大変だったの。

そして長男、つまり道子さんのすぐ下の弟の一《はじめ》という人だけど、これとね、亀太郎が折り合いが悪かったわけよ。もう道子さん、不思議だったの。どうして亀太郎さんは、つまりお父さんは、一にあんなつらくあたんなはったんだろうか、ひょっとしたら、ハルノさんが、他の男の子を産んだんじゃないかしら、なんてね。そりゃ冗談だけど、そんな風にね、親子喧嘩があるでしょう、だから家の中はなかなか大変ではあったらしいの。

ところが一方ハルノさんという人はね、これが、春風駘蕩たる人でね。まあ、私もよく知っております。ご飯をご馳走になったこともあります。彼女の家はね、さっき言ったように、栄町というところで、弟子が十人ばっかり住み込んでいるような、大変大きな家で、彼女は小さいとき、小学校に上がる前はね、本当に贅沢な暮らしをしたの。それが破産してね、差し押さえされて、そして、水俣川を越した山つきのトントン村というところに引っ越していったわけ。そのトントン村というところはね、とんでもない田舎でね、そこに引っ越して行ってから、ハルノさんは、百姓を始めるわけね、田んぼを耕してね。ハルノさんという人はね、例えば、草や作物にね、挨拶をする人だったの。麦踏なんかするときでもね、「ネズミ女にとらるんな、カラスごにひかるんな」。麦にね、物を言いながらずーっと踏んで行きなはっと。そうすると、道子さんが、回らん口で真似するわけ。で、ついていくわけね。そしてね、晩年になってね、癌で亡くなったんだけど、その時ね、見舞いに来た人が、これから裏山に行くって言ったらね、「草によろしゅう言うとってくれ」って言いよんなはった。「草によろしゅう挨拶してくれー」って言ってたお母さん。

そういうお母さんだからね、近所のね、おっさん、ばばさんがね、昼間から遊びにくるわけ。そして一日中茶飲んで、話して帰るわけね。だから道子さんはそういう話を小さいときから聞いてるの。これは、民話の世界なの。部落のじいちゃん、ばあちゃんが集まってきて話すのはね、例えば、山の神さんと、川の神さんは入れ替わるわけだね、春ごろね。山から神さんが下りてきて海の方に行く。それを、じっちゃん、ばっちゃんが、「ほら、ひゅるひゅるーひゅるひゅるーひゅるひゅるーって声がしよるどが、あれが神さんが下りよる声ぞー」って言うわけよ。道子さんはそういうのを聞いて育っているわけね。民話の世界だからね。

＊

彼女の家は水俣の河口にあるんだけど、水俣の川のね、向こう側はね、大廻りの塘、おおまわりのともと書いて、うまわりのともと読む。そこはね、いろんな木が繁っていて、狐とかがね、いっぱいいるわけ。そこには色んな妖怪が集まってくる。そんな色んなありとあらゆる怪しいものが集まってるの。そこに行って彼女は遊ぶわけね。狐には名前がついてるの、ちゃーんと。その狐がね、船頭さんにね金を渡して、どこどこまで渡してくれと言ったとかいう話とかね、色々そういう話をじいちゃん、ばあちゃんがするわけよ。そういう民話の世界の中で育ってるの。それでまたそういう部落の世界にはね、マージナル・マンがいるわけ。マージナル・マンていうのは、境界の人々というか、つまりね、この世、娑婆からずっこけてさ、自然の方に行っちゃってね、自然と世間との間で、暮らしているような、そういう人物がいる。例えば、「ぽんぽんしゃらどの」ってのがいる。「ぽんぽんしゃらどの」っていうのは、女の気違いさんで、そしてびらびらびらびら着物を纏いつけて、何か追ってさるいているようなもんだから、「ぽんぽんしゃらどの」ってあだ名が付いてるわけ。そういう人物がいる。何と言うかな、しょっちゅう山の中に行っていて、色んな魔物たちと付き合って、という風な、境界に暮らしているような人々。そういう人々の事が、彼女の小さいときからずーっと、彼女の心の中に入ってくるわけね。

そしてまた乞食さんがいるでしょう。そしたら、その乞食の噂をするわけよ。その乞食は本を読むわけよ。橋の下にいるの。橋の下にいるけどね、本読んでるの。本読んでるもんだから、学者さんだぁちゅう訳でね、ソボさんっていうあだ名がついっちゃったの。

ソボさん、というのは、徳富蘇峰。蘇峰はもちろん水俣の出身でしょう。この蘇峰の事を水俣の人はね、「ソボさん、ソボさん」って言うのよ。つまり、水俣弁は引っ張らないの。例えば焼酎というのも、「しょちゅ」って言うの。「しょーちゅー」って引っ張らないの。「しょちゅ」って言うの。これが鹿児島に行ったら、「そつ」になるんだよね。そういうね、引っ張らないからね、蘇峰さんの事を、「ソボさん、ソボさん」って言う訳たい、水俣の人はね。それで、その乞食が本を読むからね、「ソボさん」ってあだ名がついちゃったの。

そうしてね、そのソボさんについての噂をね、色々するわけよ。「ソボさんが、最近おなごば連れとるばい」「あれも嫁さんばもろてきなったばい」。そのソボさんが、その嫁さんを貰いに行く時、「何て言いなはったかなあ」

「誰ば仲人にしなったかなあ」「こげん挨拶ばしなはったばい」「わしゃこぎゃんしとるばってん、おなご一人ぐらい養いきるばい、そぎゃん言いなったそうだ」とかね、橋の下の乞食をテーマにしてね、話が出来上がっていくわけなのよ。そういう世界をね、彼女はずーっとね、お母さんの背中で聞いてね、育ったのね。

*

そしてね、彼女は非常に、まあ頭も良かった、勉強もできた、そういう子だけどね、思い切ったことをする子でね、彼女は最晩年、施設に入っていた頃、「魂の秘境から」という連載をね、朝日新聞にしたんです。月一回ね。だけどね、病状が悪くてね、月一回が、ふた月に一回になったりしたけどね、最初は僕が清書していたけどね、私が清書したらうまくいかないのよ。私はうるさいからね、また、脱線した、話が脱線したらだめよーとか僕が文句言うでしょう。だから、彼女としちゃあ、僕がうるさいわけよ。ところが朝日の担当記者は、上原さんって言う人でね、これがいい人で、気が長い人でね、上原さんが聞き取って筆記するとね、気長に彼女の言葉が出てくるまで待つもんだからね、後ではね、私よりも上原さんが聞き取りした方が上手くいくというんで、上原さんがずーっと聞き取りをやってたんです。それもね、四、五枚の原稿だけど、一日じゃできないんですよ。だから近所のビジネスホテルに泊まりこんでさ、二日も三日もかかってね、上原さんは一回の原稿をとってたの。でもそれは、とてもね、いい原稿でね。最後まで現役だったのよ。最終回を渡してからね、十日ぐらいだったかなぁ、二週間ぐらいだったかなぁ、で、死んじゃったのよ。最後まで現役だったの。

でね、その連載に小さい時の話があるけどね、一つは水に溺れた話。要するに彼女はね、これは、まだ栄町にいた頃、学校に上がる前よ、四つか五つ、栄町からずーっと、海岸の方に来ると、海べたに出るわけね、その海辺で遊んでたら蟹が出て来たからね、その蟹を触ろうとしたら挟まれたの。あいたーって言ってね、その途端にぽしゃーんって、岸から海に落ちちゃったの。で、もちろん泳げないからね、あっぷあっぷやってたら、近所で釣りをしていた若い男が助け上げてくれて、そして綺麗に拭きあげてくれて、「お前は、どこん子かぁ、こがん一人で遊びに来てー、お前、おぼれ死にするところだったぞ」って、綺麗に拭きあげてね、洋服も乾かしてくれてね、おんぶして家まで連れて行ってくれたのよ。

その時彼女はやっぱり何ていうか、初めての異性体験しているんだね、その後ね、その兄ちゃんがどっかいないかなぁ、と思ってね、探しよった。水保橋に架かっている大橋。そこには夕方になると、若い衆が集まってね、欄干に顎をもたせて話してるの。そういう兄ちゃん達の中に、その自分を助けてくれた兄ちゃんがいないかなぁ、と思ってね、その姿を探した。だけど遂にその兄ちゃんとは会わなかった、と書いているのね。

それからもう一つ。それよりちょっと後ね、その海岸には、桟橋みたいに、突き出しているところがあるのね。で、小学生から中学生くらいの男の子がそのとっぺんまで行って、どぼーん、と飛び込んでそこから泳ぐわけよ。だから自分は泳ぎも覚えていないくせに、自分もとことことこーっと、その先端まで行ってね、その先端からどぼーんと飛び込んだのよ。そしたら、泳げないでしょう、あっぷあっぷでしょう、だから近所の少年たちが寄ってたかってね、救い上げてくれたの。自分で書いているんだけど、「私は小さい時からとんでもないことをやる女の子だった」って。だから大人になって、水俣の騒動をうっぱじめたわけですよ。人妻でありながらね。

そしてもう一つ。溺れかかったのはね、まあ、栄町にいたころは、お金持ちだからね、人形さんなんか色々買ってもらったんだけど、紅太郎人形ってあってさ、相当大きな人形でね、胸に抱かなきゃいけないような人形で、切り紙のね、紙も本当の紙を使った、立派な紅太郎人形というのがあってね、欲しくて欲しくてね、それをとうとう買ってもらったのね、そしてね、その紅太郎人形を抱いてね、散歩しよった。そしたらその日はね、雨が降ってきてね、そして土砂降りになってね、川沿いに家に帰ろうとしたら足を取られてね、小川にぽしゃーんと落っこちてしまう。紅太郎人形を抱いてね、水に流されたの。そのうち紅太郎人形は、どっかに行っちゃって自分ひとり草かなんかにつかまって助かったんだけどね、三べん溺れかかっているのね。

彼女の家のそばには女郎屋さんがあったの。この女郎屋に「ぽんた」というまだ十代の天草から出て来た女郎さんがいてね、その女郎を中学の五年生になる男の子がね、胸を一発で刺してね、そのぽんたが殺されたの。このぽんたが殺された時は彼女は現場も見てるしね、非常に深い印象を得たわけだけれどね。ぽんたっていうのは、まだせいぜい十六、七ぐらいのね、天草から売られてきたばっかりの娘だったのね。そしたらね、そのうちその中学生の弟がいて、彼女はまだ学校には行ってないんだけど、その子は学校に行ってるんだ、道子さんはまだ学校に行ってない。家の前をその弟が、ランドセル背負って学校に通うわけね。すると、「あれぞ、あれぞ、ポンタ殺した中学生の弟ぞ」っていう風にね、近所のおばちゃんたちが、意地悪い口調でね、言うわけね。それで道子さんは、一方ではね、庶民世界に対して非常に深い愛情を持っていると同時に、庶民世界が持っている、そういう嫌な、意地の悪いような、そういう世界を小さい時から感じ取って、いやだなーって思ってたわけね。そしてその男の子に同情があったの。

そしたらね、そのころ兎を飼っていてさ、兎の草を摘みに行ったらばったりその男の子と会っちゃったの。その男の子はもちろん年上だよね、「主《ぬし》んとこにも兎がおっとやー」ってね、それは初めてその男の子とね、話した。その男の子は家がわりといい家なのね、そして、それ以上仲良くなったわけではないけれど、彼女が、破産してとんとん村に移っていくその直前に、お別れだっていうときにね、その男の子は「これあげるー」って絵本をくれたの。「おやゆびひめ」の絵本をくれたの。その「おやゆびひめ」はね、とんとん村に移ってから水害があってね、その水害で流れちゃったらしいけどね、それが彼女が男の子から初めてもらった絵本なのね、そういうことが書いてある。

それから更に、自分の女の子の友達の事が書いてあってね、「くろちゃん」という女の子の事が書いてあって、このくろちゃんっていうのは、彼女よりも少し年上で、小学校に一年生か二年生で行ってるわけね、ところが貧しい家の子どもなんでしょう。いわゆる「不参加児童」でね、全然勉強しない子、この子はね。勉強は出来ない。お友達もあんまりいない。一人でね、道端に座っているのね。そしたらガキ大将がいてさ、その勉強が出来ない、不参加児童のくろちゃんが一人で座っているのが、何か、目障りなんでしょうね、そのガキ大将が通るごとにね、くろちゃんのお尻をポーンと蹴るわけよ。くろちゃんはね、蹴られてもね、何とも言わずに、黙って座っているわけね。

それで道子さんが、義憤を発してそのガキ大将に「そぎゃんことしとるとね、閻魔さんに言ってね、唐芋んごつ、閻魔さん所で煮殺さるるよ」とか言ってね、そのガキ大将とけんかするんだよ。

それで、そのくろちゃんとね、仲良くなってね、くろちゃんが家に来てね、一緒に一かけ二かけ三かけてーってね、手鞠歌を一緒に歌ったりしてね、仲良かったの。それでね、彼女は言ってるの、そのくろちゃんっていうのはね、要するにもっさりした不参加児童で勉強は出来んし、そういうくろちゃんと親しんだことが、後年水俣病の患者さんと縁が出来るきっかけであっただろうという風に書いておりますね。

それからもう一人ね、これは藁籠を作る名人、やっぱり彼女よりちょっと年上の子なんでしょうけどね、イチゴ摘むわけよ、イチゴを摘むにはね、イチゴ籠って言ってさ、藁籠を編んで持っていくの。その子は藁籠作りの名人でね、そしてある時ね、その時は、ちょうど何か仏さんの何かの日で、石牟礼さんの一家はお寺に行ってたの。そしたらその子はね、イチゴ籠にイチゴをいっぱい摘んで来てさ、道子さんにやろうと思って来たけどね、道子さん一家はお寺さんに行っていないでしょう、二時間ばっかりね、ずーっと一人でね、待っとったというそういう子なのよ。

その子とも仲良しになってね、一緒にイチゴなんか摘んでるでしょう、そしたらね、カエルがコロコロコロコロコロコローって鳴くでしょう、で、その子が「雲の上でカエルがケロケロ鳴いてる」って言うのよ、雲の上で鳴いてるって言うの。そしたら、雲の上にも田んぼのあっとじゃろかねーって道子さんが言うわけね。そういう風な中で、そういうクロちゃんとも、また、イチゴ（籠）作りの女の子とも、栄町を出てから二度と会わなかったという、そういう思いで話を書いているんだよ。これは、彼女の晩年の作品でね、とてもいい作品でね、『魂の秘境から』というタイトルの本だけど、お読みになって頂きたいと思います。

＊

それでね、彼女は、お父さんお母さんがそういう人だったでしょう。また、モカさんがそういう人でしょう、モカさんにずーっとついて歩いたというのはね、これは彼女にとって非常にやっぱり大きな体験。つまりモカさんというのは、魂がこの世じゃなくて、この世とは別の世界に入り込んでいるような人だからね。そのモカさんと一緒に、この世にあらざる世界に彼女の魂も入り込んでいくわけだよ。そして彼女は、「魂の遠ざれき」っていうことをね、ずーっと言ってて、「されく」って言うのはね、これは熊本弁でもあると思うんだけど、水俣弁でね、「放浪すること」、どこに行こうというんじゃなくてさ、当てもなく、うろうろすることを「されく」って言うんだよね。遠くまで「されく」のを「遠ざれき」って言うわけだ。彼女は「魂の遠ざれき」って言ってね、自分の魂は、この世を離れてさ、ふわふわふわふわーっとどっかにね、さまよって行ってしまうっていうことを言うんだけど、それは、おばあちゃんと一緒にね、小さい時過ごした体験、これが大きいのね。

そのおばあちゃんの事はね、『あやとりの記』に出てくる。彼女の傑作は色々とあるんだよ、それは、何といっても「苦海浄土三部作」というのはね、これは大変な作品でね、だけど、その他にも色々大きな作品があるんだよ。しかしね、『あやとりの記』っていうのはね、これは特別製でね、とてもいい作品なの。それにおばあちゃんが出てくるけどね。おばあちゃんと過ごしているときね、「遠くで火山の爆発する音が聞こえるー」って言うわけよ。二人で夜中過ごしてる時ね。遠くで火山が爆発しているその火山は、今爆発しているんじゃないの。何千万年も前に爆発した火山の音が、今聞こえてるの。そういう世界におばあちゃんと入り込んでいるわけね。そういう世界を『あやとりの記』は描いておりましてね、これは傑作ですからね、是非読んで頂きたい。

彼女はね、お父さんお母さんていうのが、やっぱりそういう人だったからね、これはやっぱりあの普通と違う、やはりそこで感性というものをね、持って育ったわけだけど、一つ下の弟さんが非常に近い人だったの。さっきお父さんと何故かしらんけど、仲が悪かったって言ったけどね、この人は結婚してね、子どもを一人産んでね、そして鉄道事故で死んじゃったの。道子さんは自殺したんじゃないかなーって思ってたんだけどね、でも鉄道事故だったのかもしれない。

それで、その人は道子さんとね、ちょっと何ていうのかね、お姉ちゃんに惚れてたんじゃないかねえ。道子さんの頬っぺたにキスしよったてだもん、一《はじめ》さんは。そしてね、後ではチッソで働いてたけどね、硫酸工場っていうのはね、とても労働がきつい所なんだって。そしてね、道子さんの側にきてね、どかって横になってね、肘枕してね、「どら、いっちょ、ものを考えようかなぁ。ものを考えるというのは、重労働だもんなぁ」って言いよんなはったそうです。その一さんが、二六歳ぐらいだったかねぇ、死んじゃったでしょう、なかなか大変なんですよ。

そしてね、亀太郎さんには権妻《ごんさい》さんがいたの。権妻というのはお妾の事を権妻というの。権と言うのはさ、何とかに準ずるという意味だからね、だから妻に準ずるから権妻って言うんだけどさ、その権妻さんっていうのがね、石牟礼さんが遊びに行ったらね、とても歓迎してね、御馳走してくれた人らしいけど、その人の息子がね、三池炭鉱に働きに行ってね、爆発事故、ガス爆発で死んだの。そういう家系なのよ。それで亀太郎さんはね、三池まで葬式に行ってってね、会社がね、えろう立派な葬式を出してくれたーってね。昔の人はなんていうこっだろうね、ガス爆発で殺されてね、会社があんな立派な葬式を出してくれたって、亀太郎さん喜んでるんだからね。昔の庶民ていうのは、何ていうね、人がいいっていうか、まあ、そういう育ち方をしてきた人なのね。

＊

それでね、彼女がどういう作家だったか、という事なんだけど、僕はさっき、池澤さんが『みっちんの声』っていう本をお出しになってね、読んでくださいって言ったでしょう、彼女はね、『苦海浄土』の第一部を出してね、第一回の大宅壮一ノンフィクション賞を受賞したのね。その時辞退したのね、それ辞退したのは、水俣病の事を、患者さんの事を書いて、それで賞を貰ってお金をもらうっていうのは気が咎める、というので辞退したんだと僕は理解していたね。本人も確かそんな風に言っていたと思うね。

ところが、池澤さんに言ってるのは違うのよ。「ノンフィクションというのが気に入らなかった」って言うのよ。「自分はノンフィクションを書いた覚えはない。記録文学じゃない、私の『苦海浄土』は、あれは文学作品だ、創作だ、ノンフィクションじゃない、そういう気があった」って池澤さんにそう言っているのよ。ほんとかなーって僕は思うけれども、はーって僕は思ったけどね。

だけどね、『苦海浄土』がいわゆるノンフィクション、記録文学じゃない、っていうことは、一番最初に言ったのは僕だもんね。『苦海浄土』の文庫本になった時の解説でね、書いたのは僕だもんね。それで、僕は何でノンフィクションじゃないと言ったか。患者さんのね、患者の悲劇とか苦しみとか、彼女のものなのよ。だから自分の事を書いてんのよ。患者を通して自分の事を書いてんのよ。例えば、まあ色んな事を言ってるね、「人間であることが恥ずかしかった、私は」。つまり一番最初に患者さんを訪ねた、彼女の長男が結核で水俣の市立病院に入院していた、その時別病棟に、当時は奇病って言ってたけどね、奇病の患者さんたちがいた、どういう人達だろうっていう興味があって、花を買って見舞いに行った。今思えば、釜鶴松さんと言って、病室に入っていったら、もう痩せひごけた老人が脛をもろ出しにして寝ていたけど、新聞かなんか持ってさっと顔を隠しなはったって。つまりその老人は、そういう妙な病気にかかった自分が歯がゆくて、そういう妙な病気にかかった自分を人に見られたくなかった。それがすぐ道子さんにピンと来て「あぁ、私はこの人を辱めたんだ」「この人に花を持って見舞いに行ったんだけど、この人の姿を見ることによって、この人が自分の姿を見せたくないのに、それを見ることで人を辱めたんだ」と思ったんだね。その思いが彼女の原点になっているわけなんだけどね。

それで、自分の持っていた思いね、それまで彼女はね「人間であることが恥ずかしい」という思いを度々してきているわけなの。どうしてあのガキ大将はくろちゃんのお尻をぽんと蹴られずにはおれないんだろうか、どうして近所のおばちゃんは、「あれがあのポンタを殺した中学生の弟よ」と指さして何か噂をしなきゃいけないんだろうか、そういう風にずーっと思ってるからね。だから、やっぱり水俣病の姿と自分と重なった、だからあの小説は、あれは自分の事を書いているわけだ、全部。水俣病の患者という形をとって、自分の事を書いているわけだ。だからノンフィクションじゃないんだ。

そういってもね、あの作品が持っているノンフィクションとしての価値、記録としての価値、これはあるんだから、記録としての価値を否定するわけじゃない。それは一番最初に水俣病の患者のことをきちんと書いたという、記録としての価値はちゃんとあるんだから、それは否定できない。だけど、単なるそういうもんじゃない、根本的には、彼女の、だから石牟礼道子の私小説であると僕は書いたの。そしたらそれにいちゃもんつけてくる奴がいてね、石牟礼道子は社会問題として水俣病を取り上げたんであってね、私小説じゃないと言ってくる馬鹿がいるのよ。

そういうのがいたけどね。だけどその点をね、押さえてくれたのが池澤さん。池澤さんはね、兎に角記録文学、ノンフィクションじゃない。これは創作なんであるってことをね、池澤さんは力説してくれた。でもさっきも言ったように、私が言ったんでもあんまり効果がなかったけど、池澤さんが言ってくれるとね、世の中受け取ってくれて、僕は道子さんの文学は、どうして認められないのかなー、なんか水俣病みたいな社会問題みたいなものに扱ってね、社会問題のライターみたいなね、どうしてそんな扱いするのかなー、もう文学者、間違いない、詩人、詩人であり文学者であるのにどうしてそういうものとして扱わないのかなぁ、ずーっと思ってたけど、今やもう石牟礼さんはそういうものとして、扱われるようになりましたね、だから僕の心配はもういらないんです。これからは、いろんな方が論じてくださるでしょうしね。もう石牟礼道子の地位っていうのは動かないからね。もうその点では僕は安心だと思っているんです。

＊

それじゃあ、石牟礼道子の地位とは何か。日本の近代文学というのは馬鹿にできないのよ。それはね、日本の近代文学者から見たらね、石牟礼さんの小説の書き方はね、なんか小説の書き方を知らんのじゃないか、みたいなね、あるいはね、あまりにうたいすぎる、うたいあげすぎる、散文ていうのはもっとね、うたわない、もっとビターな、ものであってね、もっとからっとした乾燥したものであってね、石牟礼道子のようにうたいあげるもんじゃない、みたいなことが、日本の近代文学の文壇からいうと、そういうことも言えるかもしれませんね。これはやっぱり宮沢賢治が長い間ね、児童文学家だ、おとぎ話作家だと思われていたのと同じことかもしれないね。

この二人は日本近代文学からうっぱずれている。どこがうっぱずれているかというと、つまり、自然、実在ね。自然というのは実在なんだよ。要するに、僕らがおぎゃーと生まれて来て、ぼくらに与えられた世界なんだよ。僕らに与えられた世界、僕らに与えられた世界というものと、人間は、都会人はもうそうじゃないけれど、人間のありかたは、これはマルクスが言ってるようにさ、人間ていうのは、自然とのね、相互交渉、お互いの働きかけのなかで人間になってきたんであるという風に、まあこれは別にマルクスが言わなくたってさ、その通りなんだろうけどね、人間は自然に働きかけていくわけなの。というのはね、働きかけるったって、自然が生きてるわけなの。つまり、自然、地球、この実在というのは、生きてるわけなの。人間がいなくたってさ、生きてるわけ。色んな生き物を生かしてるし、生き物が生きてるだけじゃないのよ。その辺の山だってなんだって全部生きてるわけなのよ。それで、そういう生命活動として、この実在はあるわけなのよ。そこに人間は、その中の一つのファクターとして存在させてもらって、天地が生きているから人間もその中で、生きている営みにお裾分けをしてもらうことが出来て、生きてるわけなのよ。

そういう人間の姿を描こうとするのが、本当の文学なのよ。トルストイだってそれを描こうとしたのよ。ゲーテだってそれを描こうとしたのよ。だからそういった意味では、道子さんはそれを描こうとしたからね、あの人にとって大事なのは、文字《もんじ》以前の世界、文字が出てくる以前の人間の世界とは何だったのかなぁ。声に満ちた世界、声でやり取りする世界、耳で聞く世界、手で触る世界、もちろん目で見る世界の事もある。肌で感じ取る世界というのもある。言葉で処理する世界ではない、言葉以前のもので、全身で感じ取る世界。宮沢賢治の世界もそういう世界よ。

だから彼女は、白川静先生にいかれちゃったのね。弟子入りしたの、静さんに。静さんが笑ってから、「はい、お弟子にしてあげます」って言いなはったわけ。その白川静は誰が教えたかというと、俺が教えたの。私が教えなきゃ、白川静の事を彼女は知らなかったんだけど、晩年は、白川静、白川静。言葉以前の世界っていうのをね、いや、文字《もんじ》以前の世界というのをね、白川さんやったわけで、彼女は、だって、庶民というのは、庶民世界が文字以前の世界だから、その庶民世界を文字以前の世界だから、その中でどっぷり繋がった彼女、そういう世界を表現しようとした作家はね、いないのよ。

例えば自然主義文学で日本の農村を描いたというけど、地主なのよあいつらは。正宗白鳥も。それから、あの人。「土」の作家。長塚節さんね。地主なのよ。地主は田舎の事は知らんの。地主の、息子・娘はね、若衆組には入らないの。一般農村のね、ならわしに地主の子どもは参加しない。だから白鳥の「入り江のほとり」なんか読んでみたってさ、まさに地主の子ども達だなぁ、村んことは、何もしらんとね、この子ども達は。そういう人たちが農村の事を書くわけ。有名な「土」、あれは地主が見た百姓。だからね、日本の近代文学は、そういう文字無き、文字以前の民衆の世界は知らないわけ。初めて道子さんが描いたの。その前は賢治がね、ああいう童話の形で描いたの。そこに根本的な違いがあるわけよ。

だけどね、文学というのは、やっぱりそういう、存在の根っこに入って行く、つまり都会人の文学じゃない。他の生き物と同じように、他の生き物の仲間の一人にすぎない人間がこの大地と関わって、どういう感覚で、どういう風に生きて暮らしていくのか、それを描こうとしたのは、石牟礼道子一人と言ったら語弊があるかもしれないけど、だから日本近代文学者はピンとこなかったはずよ。今になってやっとピンときはじめたんだと思うけどね。

それで、彼女はね、そういうね、民の世界、決して賛美してないの。彼女はそういう民衆の世界からね、一人分離してくる面もあるわけ。これが文学者なのよ。文学者だからね、世間はだめなの。やっぱり彼女は世間のこともよく知ってるわけね。庶民の世間の事もよく知っていて、庶民の世間に対して愛情を持ちながら、それに対して、厭だ、厭だ、人間は嫌だ、それは人間は嫌だーって形になるわけね、伝わらない、言葉が伝わらないって形になるわけね。そしてどこに行くか、海に行くわけよ。海に行って、海と対話するわけ。天草の島と対話するわけ。

彼女に一九歳の時の「不知火」って小説があるの。自分の事を「不知火乙女」と呼んでるわけ。この不知火乙女っていうのがさ、もう難しい難しい。何ていうのかこの世から離れてね、この不知火の中に私は消えていくーみたいなね、何か大変なの。そうするとさ、逸枝さんがさ、逸枝さんは海を知らないの。山に向かってものを言う。しらたま乙女、私はしらたま乙女よーって言うわけよ、逸枝さんは。似てるね、やっぱり。後でね、道子さんが逸枝さんに、いかれたはずね。逸枝さんもさ、これはあのお父さんが、小学校の先生だからね、ずーっと方々、今、中央町ね、あの辺の小学校をずーっと回った人だからね。田舎の事をよく知ってるの。よく知ってるけど、それから抜け出したいわけね。抜け出したい時は、山に向かってものを言うわけね。「我はしらたま乙女なりー」って言うわけね。だから道子さんは海に向かって。「我は不知火乙女なりー」って言うわけね。そういう風な両面性があるわけね。

皆さん方は色々読んでおられるかと思うが、彼女は短いエッセイがね、とてもいいんですよ。もちろん長編のね、立派な作品がいくつもあって、その長編の立派な作品はね、もちろんそれなりなんだけど、それと外にね、四、五枚のね、エッセイで、実に上手、とてもいいの。そういう、短いエッセイをいっぱい書いてるの。僕は皆さん方にね、そういうエッセイをね、どれでもいいからね、読んでみてくださいって言いたいね。そういう短いエッセイの中にね、彼女の本質というものがね、出ているような気がします。

えーと、何かしゃべり残したことが色々あるような、気もしますけれども、今日はこれぐらいにしておきますか。どうも、失礼いたしました。

（二〇二一年三月六日（土）、熊本県立図書館）

コロナと人間

世の中と関係がなくなった

二年ぶりぐらいにお会いした？

編集部（以下――）一年半ぐらいですね。本当はもっと早くお伺いしたかったんです。というのもコロナについての渡辺さんのお考えをぜひお聞きしたくて。ところが国がコロナだから不要不急の外出はするなと。これが不要不急とは全然思わないんですが、今回ようやく東京の緊急事態宣言が解けたので早速お邪魔しました。

……コロナについては話さない、だって叩かれるもん。大変なことになる。叩かれるのは慣れているからいいけど、好んで叩かれることはないもんね。

――ということは、やっぱり叩かれるようなご意見なんですか。

そうなるんだろうね。でも僕はコロナに関係ないのよ。だって外に出ないでしょ。石牟礼（道子）さんが亡くなって三年過ぎましたけど、石牟礼さんが在世中は施設に日参したわけだし、用があれば町にも出て行った。ところが亡くなってからは外に出なくなったんですよ。それで足が弱って、いきなりじいちゃんになっちゃったの。だからね、つまり世の中と関係なくなったからコロナとも関係ないわけ。

外に出ればいろいろ注意しなきゃいけないけど出ないから、世の中で騒いでいるけど、僕は一切コロナと関係ないの。手紙が来るでしょ。必ず皆さん、最初にコロナで云々って挨拶をお書きになるの。でも僕はコロナのコの字も書いたことない。だから僕自身はコロナ騒ぎとはまったくなんの関係もなく生きていて、それは誰でもできるとは思わないけど、とにかくもう世の中のことがわからなくなったもん。

――そんなことおっしゃらないで下さい。

だって気持ちがわからん。たとえば文学なんかも、現代の文学読まないもん。読まないからどんな現代の文学者がいて、どういう作品を書いて、作風はこんなふうでって全然知らない。それがわかっていたのは、八〇年頃までね。そうすると四〇年間もご無沙汰しているわけだから。

――八〇年頃というと、ちょうど村上春樹が出てきたあたりですか。

春樹は読んでない、中上健次ぐらいまでだね。で、文学だけではなくて、芸人もまったく知らないの。昔は映画俳優でも芸人でも見ればたいてい知っていたけど、今はテレビに出てくる奴、これ誰？　となってるわけ。だからもうひどい現代離れで。

――でもニュースは見られているんじゃないですか。

ニュースだけ。というのは、僕は日に二回食事なんです。朝食は一〇時過ぎ頃ね。そして夕食は七時過ぎで、そのときに見るだけ。あとはテレビは見ない。だって見るものないもん。昔のテレビは面白かったと思うんだけど、それってもう現代に生きていないのよ。

人間は生物だ

――だけど、渡辺さんが、叩かれるからコロナのことは言わないというのはちょっと意外です。渡辺さんは世の中のそういう潮流に、叩かれようがどうしようが異を唱えて生きていると思っていました。嚙みつくと大変で、実は渡辺京二の「きょうじ」は「狂児」と書くのが本名かと。

もちろんこの点は譲れないというところでならいつでも喧嘩する、それは今でも変わらない。だって昔から喧嘩っ早いからね。だけどコロナごときで喧嘩したってしょうがないでしょう。

というのは、僕は人間は生物だということが基本だということを、やっぱり強く感じるのね。そうすると生物というのは人口が増えすぎると、必ずそこがチェックされて減らす要因が働いてくるのよ。それは生物学で有名。鹿なら鹿でもいいけど、最初一〇〇頭いたのがだんだん増えきて、二〇〇頭、三〇〇頭と増えてくると、その頂点で必ず崩壊が起こって数を減らすんですよね。その崩壊というのは病気であることもあるし、あるいは食糧が不足してくるということもある。これはマルサスの法則だね。

——人口が爆発的に増えても、食糧は必ずしもその指数に沿っては増えない、だから食糧不足は絶対起こるという論ですね。

だから生物はそんなふうにやたらに増えて繁栄しようとするとチェックされて、そのためにいろいろな種類の生物の共存が可能になっているわけなんだけど、ところが人間はかなり以前にそこを突破しちゃったわけでしょ。はっきり突破したのは一九世紀ぐらいだね。だけど、もともと人間は生物の一つにすぎないと思えば、いろいろな災害で死ぬのは当たり前なのよ。疫病だけではなくて、地震、雷、火事、そういう災害史はたくさんある。近頃だと、災害が起こると忘れないようにしましょうと言うわけよ。これはヒューマニズムだけど、昔は大災害が起こっても簡単に忘れ去ったの。

——でも文献ではずっと残しています。そのおかげで、いついつに大地震があって津波が起こって、波がここまで押し寄せたとか貴重な資料となっているじゃないですか。

文献には残るけど、その文献なんかせせくり出して言う奴はいないもん。だからたとえば三陸沖、あそこなんか明治三陸地震で数万人が死んでいるからね。江戸時代にも被害があったんだから。そういうことを人間はすぐ忘れるのよ。忘れるからいいのよ。忘れなくちゃダメなのよ。それをいつまでも覚えよう、覚えようというのはヒューマニズムだよね。

人間はもともと儚いもの

ヒューマニズムというのは、これも近代の発見で、近代におけるヒューマニズムの発見というのは、人類史上かつてないすごいことなんだけど、だけれどもヒューマニズムでことがすまないのが人間という生物のあり方なのね。だから今度のコロナにしても、人口の〇・一％も死んでないんだろ。ペストなんて、ヨーロッパだと全人口の半分が死んだんだよ。

――そうですね。スペイン風邪でも数千万人が死にました。

スペイン風邪なんかたいしたことない、まずペストよ。ペストは一四世紀だけで終わらなくてずっとつながっている。ロンドンでは近世に至るまで繰り返しあったからね。ダニエル・デフォーが『ペストの記憶』を書いているわけでね。そして、スペイン風邪よりも幕末のコレラ、それは恐ろしい病気。そして疱瘡もね。そういうことを、疱瘡なら疱瘡、コレラならコレラを天災のように受け止めてた。それは今のコロナあたりの騒ぎじゃなくて、たとえばコレラにかかった奴は一家消毒されて、そして患者は海岸あたりににわかに建てられた小屋に全部収容されて、ろくろく看護も受けないでというふうな状況だったわけよ。

そういうことから考えてみればコロナなんて何でもないのよ。だけどなんでもないと言ったら現に死人は出ているわけだから怒られるのよ。多少の死人でも大騒ぎするようになったのはヒューマニズムで、人命尊重で、進歩と言えば進歩だよね。だけれど、人命尊重というのも回り回って人間だけが繁栄しようということになれば、自然に対する改造、干渉を徹底的にやるわけだからね。

——そうですね。自然を克服、言い方を換えれば人間に都合がいいように破壊して生きるということです。

だから当然これは限度があるべきことで、僕は人間ってもっといろいろな災害、あるいは疫病で死ぬのは当たり前のことなんだというふうに思うべきだと思うの。

——それは叩かれますね。

昔はみんなそう思っていたけど、もういっぺんそう思ったほうがいいと思っているの。それに当たって死ぬのは運が悪いけど、人間、何で死ぬかわからんわけだ。交通事故だって年間三〇〇〇人くらい死んでるし、今は減ったけれど、インフルエンザが原因で年間一万人くらい死んでいてコロナより多かった。だからちょっとそこであんまり人間を特別に尊重するというのをほどほどにしたほうがいいと思うね。アンチヒューマニズムみたいだけど、アンチヒューマニズムが結局は人間をしてもっと人間たらしめると思うね。ヒューマニズムが極端に行くと、かえって非人間的になってくると思う。

人間はもともと儚いもので、パスカルが言ったように「かよわき葦」だからね。それは生物として見れば脆弱で、牛とか熊のほうがもっと丈夫なわけ。僕はそういう脆弱なものが天命として、この儚さみたいなものを受け取っていくべきだと思うね。でも今は儚くないものにしようとしているのよ。

――はい、科学の力で。それが文明なんじゃないですかね。

だけど儚いものだからこそ、そこに人生があるんだよ。どうしてコロナで怖いの。だいたい言ってみると、初期は若くて基礎疾患のない奴だったらほとんどは何日か寝てれば治ってたわけだろ。だからそういうのが全員かかればいいだけの話なんだよね。ところが高齢者がどうのと言うでしょ。高齢者というのは何で死ぬかわからない、いつでも死ぬものよ。だってさ、誤って肺の中に食物が入って肺炎を起こしたとか、そういうのが多いし、つまずいて倒れたりもしてね。だから娑婆というのは、僕も含めてなんで死ぬかわからんわけ。誤嚥性肺炎を起こすから食事をやめようというわけにはいかんだろ。

しかし、いま世論がこういうふうになるのにはやっぱり必然性があって、その必然性の根底には人間を大事にしたいということがあるから、だからコロナについて僕は困ったなと言っているの。疫病で人間が死ぬのは当たり前だから騒ぐことはないというのと、一方では人間は一人の生命でも大事で、生きる可能性があるならば可能な限り最大限に生かさねばならんって、二つの考えがあるのだけど、だけどこれ両方同時には取れないのよ。最終的に言うと、どっちを選択するかということは各人の世界観が問われるわけだけど、僕は疫病とか災害で死ぬのは当たり前で、騒ぎ立てることじゃないという考えなんだけど、それを世間に対してことさらに強く言おうとは思ってないの。

その理由は叩かれるからではなくて、ただ僕がそう思っていればいいだけだから。世間では皆さんが大変な騒動をしているけれど、それ自体はとがめることじゃないからね。僕は関係ないだけなんだから。

結核は恐れられていなかった

あのね、そもそも五〇年前だったらこんなに騒いでないよ。

――五〇年前というと一九七〇年代ですか。でも公害問題ではすごく騒がれていたじゃないですか。四日市ぜんそくは大ニュースでした。

公害はまた別問題、流感とかの話ね。たとえば結核を考えてごらんなさい、結核は伝染性でうつるわけだよ。ところが僕は結核になったけど、あいつのそばに寄ったらうつるなんてされたこと一度もない。結核にかかって自宅療養していたでしょ、友達がしょっちゅう、入れ替わり立ち替わり見舞いに遊びに来とった。そして僕自身も、周りに結核の友人がいたけれど、結核だからつき合わないみたいなことは全然なかった。これが不思議よ。らいは違ったのよ、ハンセン病は。これは怖がられていた。僕が子供の頃の記憶だと、当時らい患者でも施設に収容されていない人がいっぱいいいて、乞食で家を回りよったのよ。昭和の初めね。

――患者は全員隔離収容されたわけじゃなかったんですか。

収容は進みよったけど、まだあなた、町中、乞食さんがウロウロしてた。うちにも訪ねてきたのよ。そしたらお袋が顔色変えて追い出してね、触ったところをみんな消毒してた。

――当時はまだハンセン病はうつると思われていましたからね。

それが僕が小学校に上がる直前ぐらいの記憶。だから、らいはずっと忌避されていたけど、結核は患者になったからといって、人がつき合わないとかは全然なかったの。たとえば戦争中は教練があったでしょ。そうすると結核にかかってはいるけど、軽度だから通学は許されている、だけど教練は免除されていますという級友がいた。で、同じクラスで話している。だから僕が結核療養所に入っても、友達はしょっちゅう見舞いに来るしね。そして患者自身も脱柵といって無断外出をするわけだ。僕もしょっちゅうしよったけど。無断外出してうちに帰るわけ。

――「風立ちぬ」で二郎と菜穂子がそうでしたね。菜穂子は療養中のサナトリウムから抜け出して二郎のところへ行っちゃいました。

そう。だからさ、結果はそんなふうに全然恐れられてなかったの。だって看護婦と患者の恋愛事件がしょっちゅう起こりおったからな。

――エーッ、そうなんですか。

知らねえの？

——だって看護婦さん怖くないんですか。

僕の最初の恋人も看護婦だった。

——そ、そこは聞いていませんが（笑）。

だから結核というのは、そんなに伝染、伝染って怖がられていなかったのよ。

——患者も多かったですからね。

そうよ、とにかく結核だらけだった。ハンセン病は顔や手足が崩れるから、その見た目でみんなが避けていたけれど結核はそんなことないから。石牟礼さんなんか、結核になってみたいわと思っていた。薄命の美人みたいで格好がいいって言ってたから（笑）。

——インテリっぽい感じがしたんですかね。

コレラなんて一日に何万人と幕末の江戸で死んでいるもん。だから言ってみると、今のコロナなんていうのは疫病のうちにも入らないんだけどね。

読むのが大変

――幕末の話が出ましたが、『熊本日日新聞』で「小さきものの近代」が連載されていますが、あれは渡辺さんの以前の著作、『逝きし世の面影』（平凡社ライブラリー）、『新書版　黒船前夜　ロシア・アイヌ・日本の三国志』（洋泉社新書）、『バテレンの世紀』（新潮社）の幕末を書いた三作の後なのでしょうか。次は明治維新を書かれると。

「維新」は前から書こうと思っていて、とにかく文献を買い込んでいたの。それでもう部屋に入らんから近くにマンションを買ったのよ。さらにそのマンションを処分して阿蘇に別荘を買って詰め込んでいるんだけど、それは読んでなかった。石牟礼さんが亡くなってから気力がなくなってなあ。だけど編集者がやいのやいの言うもんだから取りかかってみたら、どんどん書けて書けて。連載が週一回だから、一年が五二週でしょ。もう五七回ぐらいまで書いちゃった。

――一年分以上！　すごいハイペースですね。

一回が原稿用紙六枚半ぐらいだね。二時間で書いちゃう。大工の熟練工と同じで職人なのよ。御年十五〜十六のみぎりから書き始めて七五年間書いてきているから。というのがね、この年になっているから、格好よく書こうなんて思わないわけ。自分の文体ができ上がっているでしょ。だからでき上がった文体で書けばいいから気取りはない。だけど読むのが大変。これまでは『バテレンの世紀』にしても『黒船前夜』にしても、書くために関連図書も読むには読んだよな。でもそれは分量が決まっているわけだ。もちろんその分量と言ったってちょっとやそっとじゃなくて大変な量があるんだけど、とにかくその分を読んでしまえばいいわけだ。ところが今度のやつは読めば読むほど、読まんといかん文献がどんどん増えてくるんだよ。だって日本の近代が対象だからね。『バテレンの世紀』や『黒船前夜』関係は当時の資料全体の総量が決まっているわけだよ。ところが近代の文献になると、いろいろな種類、日記から始まって自伝があって、しかも個人全集、個人の文学者、思想家、その全集がある。とてもじゃないんですよ。

——でも今度の連載、タイトルに「小さきものの近代」とあるように、名もなき市井の人たちが明治維新をどのように生きたかという視点は面白いですね。

うん。この三〇年ばかりの民衆史の積み重ねがあるから。それがあるから僕もおかげをこうむって書けるんだけどね。

——でも、小さきもの、所謂市井の人たちは、幕末当時は維新なんか反対だったんじゃないですか。とくに江戸っ子なんか、新政府になったら薩長の田舎侍が偉そうに何やってんだみたいな意識だったのでは。

そうそう。つまり近代という強権国家に初めて遭遇したからだね。江戸時代の国家、幕府というのは、たとえば厳しいところは厳しい、残酷なところもあったけど、全体として言うならおおらかな権力だった。とにかく一人ひとりの民衆が直接把握されてないわけよ。中間団体があってそこで受け止めてるから。だから国家というものをほとんど感じないですんでいるの。ところが明治になったら国家というのが出てきて、これがえらい厳しくて、未知の世界に投げ込まれたわけなのよ。

——厳しいどころか徴兵とかやり出して。

だから一面では文明開化で浮かれたわけだけど、いろいろな多面性があったね。

——もう一年分以上原稿は書かれたとおっしゃいましたが、まだまだ続けられるんですよね。

死ぬまでやるしかない。一年分書いて、やっと明治の初めに入ったところだけど、いつまで書こうかなと思っていてね。昭和二十年八月十五日までと思ったけど。

——敗戦の日、終戦記念日ですね。

しかしそれをやると昭和期のファシズムの話になってしまう。だけど昭和期のファシズムに関しては自分の初期の著作でだいぶ書いているから、それをまたやり直すのもね。だから関東大震災ぐらいでやめるかなとも思っているんだけど。それにしても五、六冊じゃきかないよな。ところが僕はもう九〇歳だよ、だから明日死んだって不思議じゃないんだよね。

――数字の上からすれば、平均寿命を超えていますね。

そうよ。頓死するのよ。ひと月ぐらい寝付いて死ぬとは限らんの、昨日まで元気だったのに、今朝死んどったというのがあるのよ。あと何年もつかなと思っているんだけど。あと二年ぐらいはいいかなと思ってるけど、それもわからん。

――気力が付いていかないのは、石牟礼さんが亡くなられたのも大きいでしょうね。

とにかく石牟礼さんが亡くなってから体力がみるみる落ちてきたから。だからね、生きておるうちに書いてしまわないと。

そしてね、最近初めて感じたこと、本棚の上から本を取り出したり、あるいは下にあるやつを持ち上げたりしたときに本が重いのよ。今ちょうど、幕末から明治初期の庶民の感情世界をちょっと書きたいと思って『黙阿弥全集』を借りてきたのよ。何十巻とあって箱に入っていて重い重い。取り出して調べるだけでこたえる。以前はそんなこと全然なかったけど、今はひと仕事なの。だからもうほんとは何もしないで、ヨーロッパのものを読むだけが楽しいの。晩年はそんなものでも読んで過ごそうと思ってた。

――（チャールズ・）ディケンズとか、お好きですもんね。

そう。食うには困らないから遊んで暮らしていればいいのにね。だけど明治維新について書きたいと昔から思っていて、一時は無理だと諦めたけれど、やってみたら書けたもんだから、こうなったらとにかくこれをやってしまわなきゃいけない。というわけで、晩年になってわざわざ一番しんどいことを引き受けちゃって自分でも困っております。

今回は面白く書こう

ただ、今度のやつは書いていても自分で訳がわからんの。つまり前の『バテレンの世紀』にしても何にしても、テーマはこういうこと書いて全体がこういう構想って、書く前からわかっていたわけ。でも今度はそれが役立たないの。つまり「小さきもの」ってあまりに漠然とし過ぎてるわけね。

極端なこと言ったら、一人ひとりの一生になっちゃうからね。だから自分でも今、こういうことを書こうという大まかな考えはあるけれども、物語がこうしてこうしてこうなりました、という全体の構想が浮かばないの。書いているうちになんとか格好がつくだろうと思っているけれど、これって変なものですよ。

でも、とにかく今回だけは面白く書こうと思っているの。物書きは商売だから、金を取る以上は金を出してくれた人が面白いと言ってくれないとね。

そんなこと今まであまり考えたことなかったけど、初めてよ。これまでは、自分の読者はだいたい一五〇〇人から二〇〇〇人で、そのくらいあれば本は出せるから、読む奴は読むし、読まない奴は読まんで勝手にしろということで、文章でサービスしようと思ったことなんかなかったのよ。

——その心境の変化は何だったんですか。

わからん。どうしてかな。とにかく今度は読んで面白かったと言ってほしい、それだけ。明治維新なんてこれまでいろいろな人が論じているし、自分だって論じているから思想的にどうこうっていうような、あんまり新しいことは言えるはずはないんだけど。

ただ、もう偉い奴は除外していろいろな日本人を書きたい。あなたは知らんけど、僕は戦前の国家を知っているわけ。戦前国家で育ってきて、僕は近代天皇制国家をつくった奴は大嫌いなの。それだから、近代天皇制国家にたてついた奴とか、あるいは国家なんて俺は知らねえよ、って言う奴、そういう奴を書きたいよ。

――日本は明治維新で、結果的にはアジアを侵略するような軍国主義のろくでもない国をつくっちゃったわけですよね。

うん。だからね、その気持ちって、自分のお袋とか親父を見ればわかるんです。何を考えて生きてきたのかということですね。

石牟礼道子と宮沢賢治

――そういえば、『沖宮』がこの間（二〇二一年六月十二日）上演されました。原作は石牟礼さんで（島原の乱の後、干ばつに苦しむ天草下島で、雨の神である竜神への人身御供として、天草四郎の乳兄妹の少女あやが選ばれた。あやが舟に乗せられ沖へ行くと、雷鳴が鳴り、あやは海底へ投げ出される。天青の衣をまとった四郎に手を引かれ、あやはいのちの母なる神がいるという沖宮へ沈んでいった。あやの犠牲によって、村には恵の雨が降ってくる）実質的な石牟礼さんの遺作にあたります。で、この写真を見て頂こうと思いまして。

これは何ですか。石牟礼さんの（読んでいた）本？

——はい。相当に読まれてボロボロになった漫画版『風の谷のナウシカ』（徳間書店）です。

これ、僕が買ってあげたの。

石牟礼道子さんがかなり読み込んだと思われる『風の谷のナウシカ』

――そうなんですよね。前回のインタビュー（『熱風』二〇二〇年三月号、『幻のえにし』に収録）の時に、渡辺さんが石牟礼さんにあげたっておっしゃっていました。その時に渡辺さん「読んだかな」とおっしゃいていましたけど、こんなになるまで読んでいたんですね。

ＤＶＤもいくつか見ているのよね。

――インタビューではＤＶＤは「もののけ姫」を見たと。

「もののけ」も見たし、他のもいくつか見た。

――これを読んで、宮沢賢治の『グスコーブドリの伝記』（ちくま文庫『宮沢賢治全集８』）を思い出しました。

ああ、ああ。あれはね、今度僕、本にするんだけどね、そこで言っているのは、要するに石牟礼道子というのは、宮沢賢治の日本近代文学に対する関係と非常に似ているということを喝破したわけだ（本書「道子の原郷」参照）。

――どういうことでしょうか。

だって宮沢賢治なんて、長い間童話作家だと思われていたわけだろ。もちろん、宮沢賢治が評価されたのはかなり早くからだったけど、それでも、要するに文壇の流れからはおっ外れているわけだよ。つまり賢治というのは、日本近代史の中の流れにはまらない突発現象で、石牟礼さんもそうだもん。

――そうですね、同じですね。

だからこの二人よ。そうして考えてみたら、表現のしかたはだいぶ違うけど、やっぱり世界が似ているのね。そのことを今度本にするから。

そのことに耐える

――新聞連載といい、いまおっしゃった新刊の話といい、渡辺さん、本当にますます精力的に活動されていて、コロナに対しての人生観を含んだ見解もお聞きできて本当によかったです。

人間ちゅうのは、どう言ったらいいかな。たとえば野垂れ死にしたって当たり前のことなんだという感覚を取り戻したほうがいいと思うね。芭蕉が捨てられた子供が泣くのを「己の運命のつたなさに泣け」と『野ざらし紀行』で言ったわけでしょ。そういうふうに人間の運命というのは苛酷なもの、非常に儚いもの。だから過酷で儚いことに過剰に思い入れをしないことだと思いますね。そういったことに雄々しく耐えるというか、強くなることだと思いますね。

ただこれ、自分が愛している人間が死んだだけでこたえるわけだから、実際問題としては難しいんだが、考え方としてはあまり自分というものを大切にしないことだね。つまり自分の生命が地震で失われようが、津波で失われようが、たとえばそのへんで虫が死ぬのと同じことなんだというふうに思うべきですね。

――そうでしょうか、自分と自分の愛するものを大切にしろ、それはかけがえのないものであると教えてきたのが近代思想なんじゃないでしょうか。

いや、それは大切にするんです。大切にするなというんじゃないんですよ。そのへんで殺される虫だって自分の命は大切なの。だから踏み潰そうとしたら必死で逃げるわけ。だから大切にするということは大事なんだけど、しかしどんなに大切にしようと思っても儚く無残に失われるということは当たり前なんだということ、そのことに耐えるということね。

――耐える。

うん、耐える。強くなる。ということが一方にないといかんと思うんですね。とかく現代人というのは非常に感情豊かで、僕の知り合いの女性にも、お母さんが亡くなったことを契機にものすごく落ち込んで、命の儚さというものをすごく感じて、外に出られなくなった人がいるんですよよ。僕はそういう人は好きだね。そういうふうな感じやすさというか、好きだけど、だけど、ちょっとあなた、それはダメよと言いたいね。僕の母なんか見ると、自分の母親やきょうだいが死んでもわりとあっけらかんとしていましたね。

――そうなんですか。

そうですよ。昔の人間は、わりとあっけらかんとしてるなと思います。というのは、昔は死亡率が高いから、きょうだいの中でも半分しか育たないでしょ。

――確かにそうですね。乳幼児の死亡率は高く「七歳までは神のうち」と言われて、小さい子どもはいつ死んでも不思議ではないという社会でした。そのぶん一〇人きょうだいとか普通でした。

だからそこのところを押さえておけばいいと思いますよね。

とにかく大変な人だった

――でも渡辺さんも、石牟礼さんが亡くなったときは相当ショックだったのではないでしょうか。

ショックというんじゃなかったね。つまりね、ショックというより、ポカーンとしちゃったね。というのは、毎日石牟礼さんのところに行ってたでしょ。というのは、毎日行くということは向こうは私を当てにしておるわけだから、自分が当てにされるということは自分の存在理由なんだもん。そうすると当てにする奴がいなくなったから、それこそ存在理由がなくなったわけだ。だから当てにしてくれる人がいなくなってポカーンとしてた。

――それは悲しいとかとは別の感情なんですかね。

そう、悲しいとは別。悲しくなかったということはなかったけど、亡くなるまでが大変だったから。とにかくあの人はそもそもの始まりが誤嚥性肺炎なんですよ。それで入院したらベッドの横に柵が立っているでしょ。それを乗り越えようとしたんです。看護婦がいないときに乗り越えようとしてベッドの外に転落して、大腿骨骨折。その前にいっぺん転んで、左の大腿骨は骨折しているのに、今度は右を骨折した。もう高齢でしたから手術ができるかどうかって。でもできますって、本人もやりますで、手術したんだけど。でも結局は、骨折しなかったらもう少し長生きしていたと思うの。誤嚥性だけではなく骨折もあったから亡くなるまでが大変だったのよ。だもんだから、言ってみればホッとした。悲しむゆとりなんかない。悲しむと言ったってね。とにかくあれだけ尽くしてきたから。尽くしたというのもおかしいんだけど（笑）。だから僕としてはもうあれ以上は心残りがないわけだ。もっと尽くしてあげると良かったなということはないではないけれども、実際はないわけ、あれ以上できなかった。だから自分としては全力尽くしたけど、その全力尽くすのも嫌々ながら尽くしたわけじゃなくて、それが自分のルーティンみたいになっちゃってたね。

――大変というのはどう大変だったのでしょうか。

とにかく大変な人だった。というのはもちろん我の強さとかなんとかいろいろ出てくるんだけど、そういう言葉以前に生命活動が強烈というのがね。そこにおるだけでそういうのをもろに受け止めてきたわけだ。だからもう堪能しているというか、十分でございますというか（笑）、あったわけだ。それでポカーンとしてたの。

だけど、彼女の仕事を手伝ったからといって、その分自分の勉強や仕事ができなかったということは一切なかったわけ。もし彼女の仕事を手伝うことがなかったとしても、僕がやってきた仕事の分量には変わりがなかったと思うの。

――でも一日は二四時間しかないわけで、石牟礼さんに時間を使えばその分の残りの時間は減ってしまうのでは。

時間がないということはなかったな。言ってみると、午后の一時頃彼女のところへ行くんだな。施設に入ってからは遅くまでおれなかったけど、入る前までは夜の十時頃まではおったわけだ。そしてうちに帰って、それからが自分の時間。午前四時まで自分の仕事をするから六時間ある。六時間あればものも書けるし本も読める。それで午前四時に寝て十一時頃起きると。そして飯食って出ていく。よくうちの嫁さんが文句言わなかったな。うちの嫁さんには感謝しとるよ。

夫の鑑と言われていた

――そういう生活を毎日していてよく怒られなかったですね。

もう感謝しとる。でもまあ、嫁さんも大事にしたから。嫁さんは六八歳で死んだけど、そのときの僕の看病のしかたは、看護婦とか、ヘルパーから夫の鑑と言われたのよ（笑）。

――でも奥さん、石牟礼さんに焼き餅焼くとかはなかったんですかね。だって毎日毎日午后から夜遅くまで、仕事とはいえ女性のところに通っていたわけで。

焼かなかったね、それは不思議だったね。だけど嫁さんも大事にしたけんな。

――夫の鑑ですからね（笑）

看病がね、その他は夫の鑑じゃない。他はまったく夫の鑑じゃないが、要するに女房が病気になって、最後の病状が悪くなって、寝たきりになって、それから私の看病のしかたが夫の鑑であると褒められたわけ（笑）。

――要するに渡辺さんは女の人に優しいんですね。

僕は小さいときからそうだが、男はどうも苦手だったんだな。やっぱりお袋と姉に育てられたもんだからね。親父は家におらんかったから、親父が家におると息が詰まってね。そういうのがあったからだろうね。だから女性にはほんと僕はおかげをこうむったよ。人間のことを習ったのも女性から習ったんじゃないかな。今はもう、なんか知らんけど女友達ばっかり。男は来ない。昔は少しは男も遊びに来よったんだけど、もう全然男は来ない。

――相当モテたんでしょうね。

いや、モテない。

――モテたと思います。

モテた覚えは一度もない。こっちが奉仕した覚えはあるが、モテた覚えは一度もない。

——奉仕だって、女の人は嫌いな人からは奉仕もされたくないですよ。

（笑）でも自分じゃモテたという気はまったくしてなかったけど、友達が女ばっかりで男は来ないのが不思議だね。何か俺から言われると思うんだろうな、言わないのにさ。

——理屈っぽくて、怒ってばっかりだったからじゃないんですか。

もう言わないのにさ。俺はやっぱり人徳がねえんだよ。

——人徳がなければ、女の人にもモテないですよ。

ああわかった、女友達ばかりいっぱいいるのは、俺は黙ってるからよ。女ってよくしゃべるから、おれはそれを黙って聞いてるの、参加しない。だからきっと女からすれば楽なんだな。

——渡辺さん何も言わないんですか。

ほとんど言わない。だけどよってたかってよくしてくれるからさ。それに対して、概して言うと、男の一番の問題点は、やっぱり自尊心があるから構えるわけだ。女は素直で構えない。もちろん女の人にも地位がある人で構える人はいるだろうけど、それは男と同じになっているわけでね。

——石牟礼さんはどういうタイプだったんですか。

石牟礼さんは全然そういうのはないね。

——自尊心ないですか。

あの人はないね。だからやっぱり男達からよくされたのよ。池澤（夏樹）さんがこの前本を出したでしょ、読んだ?

——はい、『みっちんの声』（河出書房新社）ですね。

とにかく石牟礼さんのところに来て、ずっと石牟礼さんと対談してたけど、それを全部起こしているの。読んでいると、とにかく石牟礼さんのことが好きで好きでさ。行くと心が安まるので、とにかく楽しかったって。ありがたいことだよ。ほんとにありがたい人だと思う。そんなふうにさ、とにかくいっぱい人が来よったからね。そして施設に入った。そこは狭い部屋なんだ。編集者が来るときはカメラマンとかなんとか連れてくるからさ、少なくとも二、三人になるだろ。だから僕は部屋を外すわけだよ。入りきれないから下で待っているわけだ。そうすると一時間か、一時間半ぐらいしてからドヤドヤ階段を下りてくる。それで僕が「どうでしたか」と訊くと、「いやあ、感激しました、感動しました」と言ってるわけだよ。だから彼女はたいしたタマなのよ。僕は、ヘッヘッ、また引っかかってって思うわけだけどね（笑）。そういうふうにやっぱり、彼女は美人じゃなかったけど、男をすごく引きつける。

——かわいい人ですよね。

セクシーだったんだろうね。モテモテだったのよ。だから石牟礼さんのところへ来る奴は、俺のことこいつは何者かと思うわけよ。町田康が一番初めに来たとき、その後、石牟礼さんの訪問記を書いとるわけたい。怖いおじさんがいたって。俺のことだ（笑）。

（このインタビューは二〇二一年六月二一日に行われました）

〈「熱風」（スタジオジブリ）二〇二一年八月号掲載〉

日記抄（一九七〇年十月〜十二月）

一九七〇年十月二十四日（土）

午後三時すぎ起床。

終日家にこもる。授業終えたあと、テレビでイタリア製西部劇とリズ・テイラーの「バタ―フィールド８」を交りばんこに見る。あと床に入ったがねむれず。

「新々英文解釈研究」を最初からやりはじめ、五十題読みとおす。毎日五十題で二十日間で終了できる。英語ぐらい若い頃やり終えておくべきだった。あの頃は何を考え、何に夢中だったのだろう。再春荘での四年半。いつも夢を見、情熱と苦しみの中で自分を浪費していた。形をなすような実質的な営為をわざと蔑視していた。すべてむくいが来ているとしか思えない。

あと残された歳月が二十年として、これから心して学べば、何とか最後の充実をつかむことが出来はせぬか。迷いが一片一片去って行く。残された自分の仕事へ帰るのだ。

英語、もう一度初歩から徹底してとりくむほかはない。死ぬまでドイツ語かフランス語か、もう一か国語ものにしよう。

十月二十五日（日）

起床三時半。四時より授業二時間。そのあと外出。まるぶんで庄野潤三の短篇集『小えびの群れ』を求む。アローへ寄る。二十八日の「告発」発送を手配。帰途首藤君宅へ寄り、大塚久雄の著作三冊借りる。

『近代欧州経済史序説』第一編読了。この本はたしか法政時代読みかけたはず。当時読了できなかったのは何故だろう。こんなに面白いのに。四十代になってやっとまともな読書力がつくなどということがあるものだろうか。

新々英文解釈研究五十題。

『小えびの群れ』読了。「星空と三人の兄弟」がいい。しかし全体として、この短篇集には一種のたるみが出ていると思う。

十月二十六日（月）

この数日、昼と夜全く逆転。

午後四時起床。春日で授業（*）。十一時すぎ帰宅。十二時すぎ首藤君来訪。本田氏宅で酒が入って非常なご機嫌であった。こんなに彼の口がほどけたのは久しぶりのこと。北一輝についての傾倒、それは以前にも聞いていたが、こんなに決定的な感じでそれへの傾倒を聞くのははじめてであった。佐渡支局への転出を希望したという。北一輝が吸った空気も吸いたいという。こういう風に信念告白をする男ではないので、大変厳粛な感じで聞いた。北一輝からはじまって自衛隊論、磯部論、ヨーロッパ近世、ブリューゲル、大塚久雄論など五時ごろまで話して帰った。

新々英文解釈百五十三題まで。

朝日ジャーナル十一月一日号の書評欄で森有正がヒューズの『ふさがれた道』を評していて、フランスの現代思想が日本では主体的理解によってうけとめられていないこと、ヒューズの見解は時として甚だ皮相でありながら、ともかくオリエンテーションのはっきりした見解であることをのべているのが記憶にとまった。ヒューズの本は読みかけているが、いかにもアメリカ人らしい明確な角度をもった、図式のはっきりした見方であることは感じていた。相手を自分の身丈にあわせてつかみとるという、このアメリカ人的な習慣は日本人にもっとも欠けている。対象の権威に敏感で、つねに相手にまだ何かありそうに感じ、それを紹介し解説するだけで、自分の立場からの判断を持たない。もっともそれは美点として働いて来もしたのだが。森有正はこの書評中で、戦後二十五年をへて日本の文学思想は戦前にまさる活況を呈しているように見えるが、「しかしこの方面におけるいちばんの大きい問題は、現下の状況における本質的問題がまだ（依然としてと言いかえてもよい）把握されていないのではないか、ということである」と書いている。同感である。

＊（著者註）当時、自宅のほか、熊本駅裏で英語塾をやっていた。

十月二十七日（火）

起床午後五時。歩いて出水教室（＊）へ。途中県庁を通りぬける。芝生と木立が夕靄の中で美しかった。それに何といってもひろびろとした空間。熊本の街で唯一の美しい場処ではなかろうか。授業終えてアローへ。偶然堀内さんと出会い、食事つき合う。リヴィエラへ寄り十二時、帰宅。石牟礼夫人に電話。三十日は来れるかどうかわからぬという。

新々英文解釈二〇二題まで。

大塚久雄『近代欧州経済史序説』読了。

＊当時北口禎子さん宅の一隅をかりて英語塾をやっていた。自宅・春日と併せて三か所でやっていた訳だ。北口さん宅のは短期間で終わった。

十月二十八日（水）

散らかっていた机周辺を整理。

杉生の満二才の誕生日。母が来てくれる。

夜本田氏宅で会合。

十月二十九日（木）

春日教室で授業。帰途アローに寄る。

石牟礼夫人に電話。三十日は来れぬという。

暗愁とでもいうべき感情がずっと心をむしばんで来た。心楽しまずという言葉や鬱々たりという語が適合するようなそういった感情である。これも近頃になってはじまったことではなく、歳久しいものであるが、それにしてもこの愁いは年とともに強まって来たもののようだ。その根拠、その様態をこのところ、いくらか分析的に明らかにしようとして見たつもりだ。そしてそうして見れば、それがほかならぬ自分という人間、人格の欠陥に根拠をもち、一言でいえば幼児的な自愛心をもととしていることはよく納得できるのであるが、それにしても、その点いかに修養につとめるにしても、或る現実に対する嫌悪感、現実と常にそごを来たす欠落の感覚はとりのぞきようもないものに思われる。だとすると、残された歳月を生きるために、意志的に生きるためには、自制と忍耐とに頼るほかない。

　いくつか心覚えとして記しておけば、第一に外部的現実、つまり世間の人々との関係において、自己抑制をもととする一定の安定した態度を作りあげること。他者に対するロマンティックな期待感を棄てること。淡々たる君子の交りをもって理想とすべきこと。生に対するロマン主義的欲求を厳粛に抑制すること。この欲求は私にとって根本的なものであるので否定も放棄も不可能である故に、残された方法はそれをストイックにコントロールすることだけなのだ。告発する会の仕事から逃亡することはできない。男らしくそれを背負いこむこと。今の仕事の最も実務的な最も基底的部分をしっかり背負うこと。誰にもこの任務を期待するな。政治とか運動とか集団の維持はたえるべき運命なのだ。それに関わった以上たえることだけが残るのだ。そう考えれば何ほどのことがあろうか。徹底的に期待せざる単独者として事に処せばよい。愛という幻想、とくに異性愛の幻想が私を苦しめて来た。愛という私の極端な自己主張。しかし自己犠牲の愛など実在しようもない。諦めよ。平安が訪れ、毒念が薄らぐことがそれによってないとしても。残された歳月、自己に課された天意に対して忠実であるほかに身の処しようがない。自分の悲しみとつき合っていくほかは。自分のだらしのない、主意的な、感覚にさらわれがちな、誘惑に弱い性格をきびしく統制すること。そして全力をつくして仕事をすること。内面的な仕事だけが私にいくらかの平安と充実をあたえてくれる。自然、人間に対し、ゆたかな創造的な享受の関係をもたねばならぬ。内面的な仕事を深めれば、生は多少なりとよろこばしい面を向けてくれそうにも思える。生活をストリクトに統制し、仕事に集中せねばならぬ。

新々英文解釈三〇三題まで。

十一月五日（木）

和辻哲郎『鎖国』読了。三十九年に読んだ時も大変面白かった記憶があるが、初めて読む本のように新鮮であった。大家の筆とはかくのごときものか。

この数日心憶えを記さなかったが、堀内さんから告発する会の専従の件についてことわりがあったことは記録しておかねばならぬ。いやな人とつき合わねばならぬからという。気丈な人とのみ思っていたこの人の一面をよく知ることが出来た。この件は諦めざるをえず。従って今の実務体制についてはねり直す必要が生れた。私も今はただひたすら会から手を引きたい一念だ。もともと形をつくりあげることが私のうけおった仕事だった。それはとっくに完了した。今月末大阪へは行くまいと思う。会については、財政、「告発」の配布体制という実務の面だけをひきうけて行けばいい。本田氏が仕事をしやすいようにサポートして行く責任だけは残っているのだから。私にとって「告発する会」は終った。

勉強と仕事に集中したい。くもりない目で自分の生を見つめ、できるならその中に泉を見出すこと。荒廃から抜け出せるかどうかやってみること。

暗愁とでもいうべき暗いこの感情は何なのか。欲も得もない寂寥。自分の病的な個我感情をたとえ客観視し整理できたとしても、あとにはやはり単純なこの感覚が残る。おそろしい。近頃の私が心和むのは、わずかに首藤君と対している時くらいだ。最低の理解と受容が成り立つのは。思想や運動を口にする人間への嫌悪。

十一月九日（月）

午後一時起床。堀米庸三『西洋中世世界の崩壊』（岩波全書）読了。歴史を学ぶさいにまず生徒に与えられる教科書は何より政治史でなければならない。なぜならそこでこそ時代の変遷はもっとも集約的に表現されているし、生徒は骨格において歴史をつかみうるからである。また基本的歴史的事実もそこで与えられる。政治史法制史の基礎なしにあたえられる社会史、経済史、文化史、あるいは民衆生活史は歴史を文脈において把握することを困難にする。現在の初等中等教育でやっていることはそれだ。歴史はまずもっとも基本的な事件の流れ、ドラマ——なるたけ簡潔な——として初学者に呈されねばならない。堀米氏の著作が明晰で面白いのはこの原則の上に立っているからだ。

夜帰宅後、大塚久雄『宗教改革と近代社会』（四訂版）読了。

昨日朝、本田氏宅での会合についてのメモ。
出席者
熊本側＝本田、島田、半田、富樫、丸山、米田、私
日窒側＝岡本、松田、花田
岡本氏より工場縮小問題についての情勢分析と組合の方針の説明、ならびに協力の要請あり。一言でいえば徹底抗戦ということであり、もしもその腹があれば、会としても全力をあげてとりくまざるをえまい。

十一月十日（火）

夜授業後本田氏宅で会合。株主総会の件。
『浪漫的亡命者』（筑摩叢書）読了。ナターリヤ・ゲルツェンという女性は奇妙にI夫人を連想させる。その無垢な無責任。この本はカーの伝記的傑作の中でも疑いなく最上のものだ。オガリョーフの死のところで涙をおさえる

ことができない。無能とたあいなさの典型のようなこの人物の独創的な優しさと謙虚さは「白痴」の公爵の原型ではなかろうか。多彩な登場人物の中で私は、オガリョーフに最もひかれる。カーの叙述は巨匠的で、ドルゴルーコフ公爵やポストニコフなどの挿話は心にくいほどの出来だ。いわゆる浪漫的精神はカーの英国的常識——それはほとんどミドルクラスの俗物的分別にさえ近づくことがあるが——によって解剖され、冷視されつくしているが、視点をかえれば全く別な扱いが可能だろう。気質的には私はゲルツェンのアイロニーに最も共感する。引用されている限りでも彼はおそるべき文筆家である。

十一月十三日（金）

授業を終えた後、島田君宅を訪問。新教室計画につき打合わせ。プラン大綱なる。

ホフマン「金の壺」「悪魔の美酒」「マドモアゼル・ド・スキュデリー」読了。

十一月十四日（土）

終日自宅。

ホイジンガ「レンブラントの世紀」増田四郎「都市」読了。

十一月十五日（日）

夕刻より外出。新しい「まるぶん」にて三冊本を買う。アローで堀内さんと会う。

フリッツ・ケルン「中世の法と国制」読了。勉強がようやく軌道に乗って来たことを感じる。今、私の関心はヨーロッパの中世から近世にかけての歴史に集中している。ウェーバーという高い峰に登るための準備作業のつもりだったが、それ自身が非常にたのしい読書になって来た。規則的な読書を始めてから、久しく失われていた生活の軸がまた見出されたのだ。今、私の毎日は深夜の読書のたのしみに集中点を見出している。ケルンの本は非常に示唆的であった。

水俣工場の切迫した事態に対応しなければならぬのが心に重い。おそらく本格的にかかわることはできない。私の今の状態はそういうものと遠くへだたっている。

四十歳にもなってようやっと学びの道に立つというのはばかげたことであろうが、私にはそういうまわり道しか不可能だったのだと思う。もっと若い時からやっておけばといっても、私は私なりにできる努力はして来た。四十になって勉強の確信的な方向が開けたというのも、私のまわりあわせなのだ。無益にくやむことはせぬ。まだ時間は残されている。

十一月十七日（火）

昨夜『痴愚神礼賛』（渡辺一夫訳）とホイジンガ『エラスムス』（筑摩選書）読了。『痴愚神礼賛』における諷刺なるものは決して単純でもなく一義的でもない。愚神は肯定と否定の二面においてとらえられ、従って愚神の演説は渡辺一夫が後記に書いているような、それを裏返せば大体エラスムスの主張となるといった単純な構造にはなっていない。ホイジンガの解釈は一応筋が通っているが、それでもなお複雑な両面的な主張を単純化しているきらいがある。ホイジンガの伝記は面白かった。業績自体は今日死んでしまっており、ただ時代内的な位相において今日なお語りかけて来るものをもっている大学者——思想家とはいえぬ——をよく描き出している。

今日夕刻アローでI夫人より電話があった（博多より）。立ち寄るので待っていてくれとのことなので授業の後アローで十一時まで待ったが無駄であった。もはや文句をいう気もせぬ。何を考えておいでのことやら。

これからマリアンネ・ウェーバーのウェーバー伝にかかる。

十一月十八日（水）

マリアンネ・ウェーバー『マックス・ウェーバー』（みすず版）の第一巻を半分程読む。これは期待していたような本ではなかった。ウェーバーの仕事についてもっとページがさかれているものと思っていた。彼がマリアンネにどういう求婚の手紙を書いたか、などということは今の私には興味がない。ウェーバーの仕事自体を知ったあとではそういう関心もわくことだろうが。ウェーバーのあの非常な拡がりをもった多方面な、巨人的な仕事への鳥瞰を与えてくれるかという期待でこの本を読みはじめたのだが。読みかけたのを中途でよすのもいやだから、一応読んでしまうつもり、ざっと。

午後I夫人来訪。ふた月半ぶりにゆっくり話せた。外出し、食事後、本田氏宅の会合へ。

十一月十九日（木）

『マックス・ウェーバー』第一巻読了。後半はようやく気分がのった。私の要求にかなり近づいてくる。

十一月二十日（金）

水俣病公判。三時頃地裁に行く。もう公判は終ってデモに移ったところだった。

夕刻アローでI夫人と会う。夜、市民会館で会合。

増田四郎『西洋経済史』（新紀元社・昭和二十五年）読了。扱ってあるのは十六世紀まで。

十一月二十五日（水）

巡礼紀行にのぼる患者一行を熊本駅に見送る。

アローで三島由紀夫の死を知る。信じられぬ気持。悲哀の念、つきあげるようにわく。生きていることを信じたかったが、本田氏宅でおばあちゃんより切腹の後、首を落されたと聞き暗澹となる。大阪の松岡氏と電話、二十八日の会場には機動隊三コ中隊が出る由。全然やりにくいらしい。

深夜のJNNニュースで三島の死についての報道を見る。三島の写真を見て涙がこぼれた。

なだ・いなだと奥野健男の対談があった。なだ・いなだは全くいやな野郎だ。何がうれしいのか知らぬが、にこにこ喜んでいた。こういう場合、進歩派がいいそうなことをそっくりいっていた。奥野は沈痛な面持で、さすがにばかなことはいわなかった。

今日の事件総体について何をいうにせよ、忘れてはならぬのは、これが三島由紀夫というおそるべき明晰さと解析力をもった知性によって引起された事件だということだ。文学と政治との混同とか、個人的美学の無力さだとか、ロマン的政治主義の危険さとか、そういったお題目は三島自身の批評眼がとらえつくしていたはずだ。下らぬ論評を出来るものは幸いなのだ。浅い浅い感受性と、象の皮膚のような鈍感な硬化した知性と、深い苦しみなど無縁な浅薄な批判癖の持主——あの嫌悪すべき批判家・学者などが、これを機会にまたしたり顔の解釈を並べたてるだろうことを思うと、絶望にとらわれる。三島の行為を否定するなら、ただ否定すればよい。解釈は無用のことだ。これは解釈すべき事件ではなく、感受すべき事件なのだ。

私はひどく悲しい。三島という一人の人間の死を悼む心で一杯だ。こういう場合、自分の運命を歩み通した人間に敬意を表する以外、何をすることがあるのだ。

私は三島の作品をかつて愛したことはない。しかし人間としてはこの人に或る種の同情と愛着を持って来た。今、私は友人に死なれたように悲しい。

おそらく或る種の三島文学の評価者・支持者は、この三島の最後の行為を、三島文学のかならずしも正統ならざるもの、三島の世界の本質的な価値からの逸脱と見るだろう。そうすることによって三島文学を救い、自分の解釈にもつじつまを合わせようとするだろう。愚行——これがこの事件に対して与えられる大方の認識だろうからである。私は全くそう考えない。楯の会という若者の集団に三島は足をとられたのかも知れぬ。しかし、それは決定的なこととは思えぬ。

アローで数名の常連たちが、このニュースについて語り合っていた。常連の内でも、最も品性ろう劣な俗物紳士どもであったが、その内の一人いわく、「気が狂うたっだろうな。大体文学者という奴があぶなか。何でも文学的に極端に考えらす。わしどんのごたる穏健派には、どうもあやつんどんな、わからん。」もって市井の声をトするに足る。

『東大教養西洋史Ｉ　ヨーロッパの成立』（吉岡力編）読了。基礎的な教養のために書かれた歴史はやはり編年体で、流れを読者にわからせるようになっていないと困る。たとえそれがフィクションであっても、基礎的な教養のためにはそれが必要だ。流れ、いいかえれば物語でなければ記憶すること、理解的に把握することは不可能だ。この講座は教科書としては不親切きわまりない。ただ木村尚三郎という人は注目に値する研究者だ。この人の書いた封建制度の部分は非常にすぐれている。

十一月二十六日（木）

起床午後五時近く。アローに寄り春日教室へ。九時四十分の明星で大阪へたつ本田さんほかの全員を見送る。あと堀内さんとアロー、ファンタジアを廻る。

朝日、毎日らの三島の死についての報道は全く予期していたとおりだった。しかし朝日はわざとこの事件をグロテスクなものとして描きだそうとしており、その作為的な〝良識〟には嫌悪を覚えざるをえない。社会党、共産党らがファシズム、軍国主義の危険などさわぎ立てているのは醜悪としかいいようがない。事実は明らかではないか。三島の行為は政治的行為などではありえず、それ自体無にすぎない。状況的に三島の理念には何の対応物も存在せず、かならず失敗に終る運命にある。そこにこそ絶望の根拠もまた存在するのに、民主主義者たちは全く逆に三島の行為が状況的に対応物をもつものであるかにさわぎ立てるのだ。一体眼はどこについているのだ。三島のような理念は自民党支持者にとって迷惑であり、自民党は戦後民主制より利益を引き出しこそすれ、それを三島的に止揚するようないかなる欲求も持っていないのだ。三島の死を愚行とし狂気の沙汰とする点で、自民党と共産党はめでたき一致をかちとっているのだ。三島の行為は神風連——二・二六の直系であり、なるほどそれは従来支配者の政治力学によって利用されて来はしたが、決して支配者に対する叛逆的契機たることをやめはしなかった。このような近代日本に特異な思想的流脈は今日の状況の中では全く存在基盤を失いつつある。このような思想的流脈が今後政治上重大な契機となることはまったくありえない。ただそれは、日本に特異な革命運動の範型として、左翼運動に根本的な自省をあたえるはずのものであり、ヨーロッパ流の左翼運動が日本でなぜ不可能かということにつき反省をうながすものである。

朝日の社説は三島の思想は徹頭徹尾貴族主義であり彼の眼中には民衆は存在しなかったと筆誅を加えている。左翼は常日頃ブルジョア新聞と悪罵している商業紙がいかに自己の思考形式に近いか知って喜ぶべきだろう。

昨夜予想していたような論評は早くも今日の毎日紙に登場している。山崎正和の談話であって、三島の今回の愚挙は、彼の芸術と何のつながりもないものとしている。当分馬鹿が替り替り現れ、死人をタネにいやしい金と名をかせぐことだろう。吉本さんは毎日新聞紙上で論評を拒否している。

アローの八井氏は三島が店に来た時のことをなつかしんでいた。彼には三島は立居振まいの正しい、潔癖な、透徹した人間として記憶されている。彼の言葉には尊厳の響きがあった。これもまた市井の声である。

十一月二十七日（金）

午後本田氏宅で仕事。

『東大教養西洋史Ⅱ　封建社会の崩壊』（秀村欣二編）読了。

今日の朝日の声欄に五十一才の主婦が投書して三島の死についてのべている。「いま、その行為と死を聞いて、私の心は重苦しく沈んでいる。まるで肉親の不慮の死にあったように、はげしいどうきに胸がふさがれ、立つこともむつかしいようなのである。」三島の死が一般に与えた印象はこのようなものが最も本質的であったのではないかと思われる。

十一月二十八日（土）

正午のニュースで株主総会が五分間で終ったことを知り、チッソペースで運んだのではないかと心配したが、午後本田氏宅でうけた大阪からの石牟礼、本田両氏の電話によれば、非常に劇的な盛上りを見せ、大成功だった由。二時に花畑公園に集り、下通、上通でビラ撒き（三千枚）。高校生約三十名が参加してくれた。

レーリヒ『中世の世界経済』（未来社）読了。

十一月二十九日（日）

本田氏宅で松岡さんと会う。今朝飛行機で帰って来た由。久野さんと「告発」編集打合わせ。

オットー・ヒンツェ『封建制の本質と拡大』（未来社）読了。

十二月五日（土）

田尻まり子という熊大生が自殺した。告発する会のメンバーだったと朝日は報じているが、私には全く記憶のない人である。朝日によれば、水俣病の運動に参加することについて親と争ったことが原因という。午後、本田氏宅で熊大生から聞いたところでは、あまり友達のいない子で、裁判の時など顔を出していたという。

上村氏が娘さんを連れて来訪。誕生祝へのお返し。『イザヤ書』（中沢洽樹訳）『サムエル記』（聖書協会・文語訳）読了。

エールリヒ『イスラエル史』（日本基督教団出版局）読了。

十二月九日（水）

午後アローにてI夫人と会う。原稿まで出来ていず。萩野氏と久しぶりでアローで顔を合わす。I夫人をニュースカイホテルに送る。

昨夜、本田氏宅で久野さんと十九号編集のための徹夜。

十二月十日（木）

午前十時より本田氏宅で久野さんと十九号編集。I夫人も午後来る。原稿出来ていず。

夜十時すぎ島田君とブリッジで会う。I夫人原稿持参。福元君も来たり、四人で島田氏宅へ。彼の部屋で新雑誌につき相談。三時すぎI夫人を伴い帰宅。I夫人は私の部屋でねせ、徹夜で編集。

十二月十三日（日）

早朝よりコロニーにて「告発」第一九号（十二頁）を校正。片山嬢が休日出勤してつき合ってくれた。一時、校了。アローに寄り、三原氏が来たことを聞き、本田宅を訪ねて会う。

『みかど』で映画上映の打合わせ。夜、市民会館で例会。散会後、三原、松岡、首藤、島田各君と飲む。タンポポで松岡氏がもと熊大全共闘の指導者の一人だった学生と論争を始める。愚劣の典型のような議論。三原、首藤君と島田氏宅へ行き、三原氏の熊本招へいにつき計画。あとI夫人の話になり、批判続出。私が感じていることは人も感じているわけだ。

十二月十九日（土）

午前十時本田氏宅へ。一時より告発編集会。

十二月二十日（水）

夜十時より三時ごろまで本田氏宅で島田君、福元君とパンフレット（映画）編集。

十二月二十三日（水）

朝より勇君来訪。週刊熊本の外交をしていて、近くまで来たので寄ったという。労働コロニーの件、水俣工場工作の件話す。

島田君に連れられて高木隆太郎、東陽一氏来訪。今飛行機で着いたところという。玄関だけで帰られる。

午後四時、ミカドでの会合に出席。

映画パンフレット出来て来る。高木、東氏、内容をほめる。

夜授業すんだあとまたミカドへ。「やさしい日本人」の試写会は四百人ほど集まり大成功。久しぶりの旧知の人々にかなり会う。散会後勝新へ。首藤君忘年会のあととてご機嫌でI夫人を笑わす。米村龍治氏、上映運動論か何か知らぬが熱くなって高木氏に嚙みつく。首藤君を家まで送る。

十二月二十四日（木）

午後二時半セルパンの会合へ。島田、高木、東、I夫人、松岡、福元、私。

夜、吉田秀和「ソロモンの歌」読了。また伊東静雄の詩数篇読む。この人が日本のもつ真の天才的な詩人であることを信じないわけにはいかない。中原中也、宮沢賢治でさえ、この人の前では色あせると思う。この人のリズムは荷風の「珊瑚集」にその先蹤をもつとはいえ、日本詩史上孤立したしらべをかなでている。「野分に寄す」「曠野の歌」「水中花」「行って　お前のその憂愁の深さのほどに」「燕」などの詩篇は奇跡的な高さに達している。

十二月二十七日（日）

午後、アローにて松浦氏を迎える。磯さんという女性同伴。夜、雑誌の打合わせをすることになり、来合せた勇君の車で上村、高浜氏宅をまわる。

夜十一時より「打水」で打合せ会。石牟礼、島田、高浜、上村、久野、松浦、小山、渡辺の八名。午前五時までのみあかす。久しぶりにI夫人の歌聞く。

十二月二十八日（月）

午後、本田氏宅で総括会議。大阪の古賀さん同席。Ｉ夫人は夕刻の汽車で帰水。

夜十時、松浦氏と共に松岡氏と会う（タンポポ）

十二月二十九日（火）

松浦氏、小山君と十二時五十分のバスで水俣へ。

日吉氏宅を訪い、あとＩ夫人宅へ。大阪の古賀氏もおくれて来る。田上義春、浜元二徳、川本さんの三人に来てもらい懇談。Ｉ夫人のごちそうになる。赤崎氏、松浦氏、Ｉ夫人に四人であけがた七時まで語る。Ｉ夫人にいささか苦言。あとで胸痛し。

「あなたには邪悪なところがある」というＩ夫人の言、心に残る。適評なり。

（『アルテリ』一二号〈二〇二一年八月〉掲載）

あとがき

どういうことか、去年（二〇二〇）の秋から今年の春にかけて、立て続けに四つの講演を引き受けてしまった。当時は、依頼があればすぐ引き受ける気持で、これはひとつには大きな声を出すと体にいいという単純な動機があったかと思う。今はもうそんな気は起らない。その四つの講演に、インタビューをひとつ付け加えたのがこの本で、特に意図があって出来た本ではないが、結果としては、現代という時代についての私の考えを述べることになってしまった。それもかなり舌足らずな形で。最後に一九七〇年代の日記をつけ加えたが、これは雑誌「アルテリ」の連載第一回分で、出版元からの希望でそうしたのである。

こう書いてしまうと、この本について断わるべきことは何もないから、あとは私の近況報告をしておきたい。というのは、コロナ騒ぎで、これまで定期的に訪ねて来ていただいていた友人たちが来訪を遠慮され、私がどうしているか案じて下さる向きもあるからだ。

まず、これは去年からはっきりして来たことだが、歩けなくなった。五〇メートル歩くのも必死だ。私は足が強くて、八〇代になっても、まだまだ何キロだって歩けた。何というざまか。これは腰痛がひどいせいもある。

健康に関しては、この歩けないという以外、特に問題はない。かかりつけのお医者様、山本淑子さんは血液検査の結果をみていつも、「おかしいですね」とおっしゃる。血圧、血糖値その他みんなよろしいのだ。タバコはやめないし、その他不摂生の癖にという訳だ。

でも、老いは容赦しない。去年から急に面倒くさいことが一切いやになった。まわりが本で埋まっているのもいやになった。そして、本という奴がいかに重いか、出し入れごとに痛感する。第一、自分の躰が重い。座っていて、姿勢を変えるだけで大変である。部屋を片づけねばと思うだけでしんどい。

頭はもちろん老化している。新しく人と知り合っても、名前どころか貌を憶えない。人名が出てこないのは久しいが、物品や物事の名が出て来ない。先日も娘に、田んぼに苗を植えるのを何と言ったっけと尋ねたら、「田植え」と返事が返って来た。漢字も忘れ始めている。それに小さい字、原稿用紙に書く程度の字が書けなくなった。ちゃんと書こうとしても、形が崩れてしまう。石牟礼道子さんがそうで、晩年は大きな字しか書けなかった。

読む方もダメになった。昔読んだ本をもう一度読むと、誤植を全部赤字で訂正してある。それだけ精読していた訳だ。今では少し面倒くさいと思うと、斜め読みしたくなる。とにかく、体力以前に気力がなくなっているのだ。

春から「熊本日日新聞」で週一回連載を始めたが、書く方は何でもない。一回分六枚、三、四時間あれば書いてしまう。さすがに職人である。しかし、書くことをきめるには、資料を読まねばならず、それが大変。読むスピードが落ちているし、先述したように気力が衰えているから、ややこしいところはすっ飛ばしたくなる。読む楽しみなんかない。ただ労役である。昼間は毎日読みかつ書く。判で捺したように変らない。

夜はＤＶＤで映画を観る。本は自分で読まないと先に進まないが、映画は座って目をあけていれば、先方でどんどん先に進んでくれるので、楽である。ただし尻が痛くなる。座骨神経痛があるからで、これは永年予備校勤めで、毎週バスで福岡へ往来したせいだ。

映画ももう観たものばかりで、三度目四度目というのもある。しかし結構忘れていて、その都度面白い。しかし面白いだけならいいが、困ったことに感動的なのである。これはつらい。感動するのがつらいというのも、初めてのことだ。つまり切ないことが描かれているから感動的なので、その切ないことが老いの身にこたえるのだ。

月に二、三度、車に乗せてもらってドライヴする。読者の方で、お医者様の奥様がいて、方々連れ出して下さるのだ。同行はオールド・ガールフレンドお二人。ご婦人三人だから、おしゃべりなさる。私は黙って聞いている。小鳥のサエズリを聴いているようなものだ。そして周りの山岳・田園の風景を楽しむ。

まあ、こんな風に暮らしています。しかもこの世に飽きて、もうオサラバしたいという気にならぬのも不思議です。講演で言っているように、実在世界がそれだけ美しいのでしょう。

最後に、表題の肩書きという点ですが、私はこのところ自著の奥付の履歴等に、河合塾文化教育研究所研究員という肩書をつけることにしています。これは私が河合を辞める時に、同僚の茅嶋洋一さんが文教研におしこんで下さった。茅嶋さんが文教研の創り手の一人だったので、そんな好意も通ったのです。おかげで私は毎月お手当が入るようになり、老後の生活が保証されました。私は人気講師だったことなど一度もなく、河合に貢献などしていないのに、お手当を下さる。ちなみに私は年金としては年に十数万しかもらえ

ないのです。まことに有難いことで、せめて河合の名を出して謝意を表した

いという気持で、履歴につけることにしているのです。この茅嶋さんは、私

よりも十も若いのに去年亡くなりました。改めて追悼を表します。

二〇二一年八月二九日

著者識

〈著者略歴〉

渡辺京二（わたなべ・きょうじ）

一九三〇年、京都市生まれ。熊本市在住。

日本近代史家。

主な著書『北一輝』（毎日出版文化賞、朝日新聞社）、『評伝宮崎滔天』（書肆心水）、『神風連とその時代』『なぜいま人類史か』『日本近世の起源』（以上、洋泉社）、『逝きし世の面影』（和辻哲郎文化賞、平凡社）、『新編・荒野に立つ虹』『近代をどう超えるか』『もうひとつのこの世――石牟礼道子の宇宙』『預言の哀しみ――石牟礼道子の宇宙Ⅱ』『死民と日常――私の水俣病闘争』『万象の訪れ――わが思索』『幻のえにし――渡辺京二発言集』（以上、弦書房）、『黒船前夜――ロシア・アイヌ・日本の三国志』（大佛次郎賞、洋泉社）、『維新の夢』『民衆という幻像』（以上、ちくま学芸文庫）、『細部にやどる夢――私と西洋文学』（石風社）、『幻影の明治――名もなき人びとの肖像』（平凡社）、『バテレンの世紀』（読売文学賞、新潮社）、『原発とジャングル』（晶文社）、『夢ひらく彼方へ　ファンタジーの周辺』上・下（亜紀書房）など。

肩書のない人生

――渡辺京二発言集 2

二〇二一年十一月三十日発行

著　者　渡辺京二

発行者　小野静男

発行所　株式会社　弦書房

（〒810・0041）

福岡市中央区大名二―二―四三

ＥＬＫ大名ビル三〇一

電　話　〇九二・七二六・九八八五

ＦＡＸ　〇九二・七二六・九八八六

組版・製作　合同会社キヅキブックス

印刷・製本　シナノ書籍印刷株式会社

ISBN978-4-86329-237-6 C0095

渡辺京二コレクション [1]〜[10]

名著『逝きし世の面影』（和辻哲郎賞）『黒船前夜　ロシア・アイヌ・日本の三国志』（大佛次郎賞）『バテレンの世紀』（読売文学賞）の源流へ。現代思想の泰斗が描く思索の軌跡。

弦書房

[1]

江戸という幻景

人びとが残した記録・日記・紀行文の精査から浮かび上がるのびやかな江戸人の心性。近代への内省を促す幻影がここにある。西洋人の見聞録を基に江戸の日本を再現した『逝きし世の面影』著者の評論集。

近代批評集①

〈四六判・264頁〉【8刷】2400円

2004刊

[2]

【新編】荒野に立つ虹

この文明の大転換期を乗り越えていくうえで、二つの課題と対峙した思索の書。近代の起源は人類史のどの地点にあるのか。極相に達した現代文明をどう見極めればよいのか。本書の中にその希望の虹がある。

近代批評集②

〈四六判・440頁〉2700円

2016刊

[3]

万象の訪れ　わが思索

半世紀以上におよぶ思索の軌跡。一〇一の短章が導く、考える悦しみとその意味。その思想は何に共鳴したのか、どのように鍛えられたのか。そこに、静かに耳を傾けるとき、思索のヒントが見えてくる。

短章集

〈A5判・336頁〉2400円

2013刊

4

死民と日常　私の水俣病闘争

昭和44年、いかなる支援も受けられず孤立した患者家族らと立ち上がり、〈闘争〉を支援することに徹した著者による初の闘争論集。患者たちはチッソに対して何を求めたのか。市民運動とは一線を画した〈闘争〉の本質を改めて語る。

水俣病論集
〈四六判・288頁〉2300円
2017刊

5

もうひとつのこの世　石牟礼道子の宇宙

〈石牟礼文学〉の特異な独創性が渡辺京二によって発見されて半世紀。互いに触発される日々の中から生まれた〈石牟礼道子論〉を集成。石牟礼文学の豊かさときわだつ特異性を著者独自の視点から明快に解き明かす。

石牟礼道子論集①
〈四六判・232頁〉【3刷】2200円
2013刊

6

預言の哀しみ　石牟礼道子の宇宙Ⅱ

二〇一八年二月に亡くなった石牟礼道子と互いに支えあった著者が石牟礼作品の世界を解読した充実の一冊。「石牟礼道子闘病記」ほか、新作能「沖宮」、「春の城」「椿の海の記」「十六夜橋」など各作品に込められた深い含意を伝える。

石牟礼道子論集②
〈四六判・188頁〉1900円
2018刊

7

未踏の野を過ぎて

現代とはなぜこんなにも棲みにくいのか。近現代がかかえる歪みを鋭く分析、変貌する世相の本質をつかみ生き方の支柱を示す。東日本大震災にふれた「無常こそわが友」、「社会という幻想」他30編。

世相評論集
〈四六判・232頁〉【2刷】2000円
2011刊

8

近代をどう超えるか　渡辺京二対談集

江戸文明からグローバリズムまで、知の最前線の7人と現代が直面する課題を徹底討論。近代を超える様々な可能性を模索する。【対談者】榊原英資、中野三敏、大嶋仁、有馬学、岩岡中正、武田修志、森崎茂

対談集

〈四六判・208頁〉【2刷】1800円

2003刊

9

幻のえにし　渡辺京二発言集

「自分が自分の主人公として独立する」とはどういうことなのか。さらに、谷川雁、吉本隆明、石牟礼道子らとの深い絆についても語られており、その言葉にふれながら読者は今どうすべきなのかを考えさせてくれる、慈愛に満ちた一冊。

発言集①

〈四六判・272頁〉2200円

2020刊

10

肩書のない人生　渡辺京二発言集②

昭和五年生れの独学者の視角は限りなく広い。その終わりなき思索の旅から紡ぎ出される言葉をくり返し、聞いてみたい。**◆一九七〇年十月〜十二月の日記**も初収録。三島由紀夫事件、最初期の水俣病闘争、日々の読書録等、渡辺史学の源を初めて開示する。

発言集②

〈四六判・232頁〉2000円

2021刊

＊表示価格は税別